SV

Paul Nizon

Das Fell der Forelle

Roman

Suhrkamp

Meinen Dank an den Deutschen Literaturfonds e.V.
P.N.

Erste Auflage 2005

Satz: Hümmer GmbH, Waldbüttelbrunn
Druck: Freiburger Graphische Betriebe, Freiburg
Printed in Germany
Erste Auflage 2005
ISBN 3-518-41711-8

1 2 3 4 5 6 – 10 09 08 07 06 05

Dem Andenken an
Karl Jakob Wegmann

Ich hatte mein Gepäck in der Tantenwohnung abgestellt, Koffer und Taschen. Sie schienen sich aneinander zu drängen wie Flüchtlinge, eingeschüchterte. Die Wohnung in ihrer beredten Intimität und mein Gepäck wie die versammelte Ratlosigkeit inmitten der pathetischen Anordnung der Möbel und Dinge, die alle von der verstorbenen Tante sprachen. Kleinlaut schaute ich auf das Hoffenster und auf den Kamin mit dem mannshohen goldgerahmten Spiegel, der mir eine Person mit verschreckter Miene zurückwarf. Wieder starrte ich auf mein Gepäck. Es wirkte abgenutzt. Das Gepäck wie der Inbegriff der Erschöpfung. Es dunkelte vor dem Fenster. Mir war, wie wenn das Licht stufenweise nachließe, und nun dachte ich, wie, wenn es nicht das Tageslicht, sondern das Augenlicht wäre, das am Verlöschen ist? Schon sah ich mich mit vorgestreckten Händen nach dem Ausgang tappen und draußen nach dem Treppengeländer tasten. Und um Hilfe rufen. Oder wenn das Herz versagte? Steh nicht so herum, rühr dich. Ich wagte ja nicht einmal den Mantel abzulegen. Ich nahm den Schlüsselbund von dem kleinen Tisch neben dem monumentalen Fauteuil und schickte mich an, die Wohnung zu verlassen. Ich schloß ab, nahm die Treppenstufen energischen Schritts – um mir Mut zu machen? Jedenfalls wollte ich vor der Conciergeloge nicht als Jammergestalt in Erscheinung treten.

Kaum aus der Tür, war das bißchen Mut auch schon verpufft. Ich überquerte die Straße und drückte mein Gesicht an das Schaufenster eines Werkzeugladens. Es waren die unmöglichsten, mir schien: unbrauchbarsten, weil veraltetsten Geräte ausgestellt, gußeiserne Rätsel, und in dem düsteren Raum, in dessen Tiefe ich eine alte Frau mehr erraten als sehen konnte, war ein dichtgefügtes Durcheinander von weiteren Eisenwaren aller Größen zu erblicken, eine wahre Überfülle davon. Ein Orkus.

Nebenan war ein Kürschnergeschäft. In der Auslage, ganz nah am Schaufensterglas, auf einer Staffelei ein kolorierter Stich mit einer pelzgekleideten koketten Dame, ich entzifferte den Titel: Das Fell der Forelle. Das *Fell* der Forelle? Ich verdrückte mich in den Schatten, mit Schatten meine ich nicht die Schattenseite, sondern den Wunsch nach Unsichtbarkeit, Schutz. Lief den Boulevard entlang und bog in eine unansehnliche Seitenstraße auf der Suche nach einem Restaurant, ich sah ein portugiesisches, schritt vorerst daran vorbei, an jungen Kerlen vorbei, unternehmungslustigen, die plötzlich zu lachen anfingen, weil sie in einem Fenster eine junge Frau mit einer Katze stehen sahen, sie riefen: Sieh nur die Katze, hast du die Katze gesehen? la chatte, die Fotze, ein Wortspiel, das ließ sie brüllen.

Hier waren Häuser und Läden schäbig, von einer betrüblichen Gesichtslosigkeit, wir waren ja in den Ausläufern der Stadt, gleich dahinter begann der Umfahrungsgürtel und danach die Autobahn. Ich trat in ein winziges vietnamesisches Lokal mit nur eben vier fünf Tischen, das nach Soja und anderen asiatischen Zutaten roch. Ich aß, erst die Nems, die ich gehorsam in die Minz- und Salatblätter wickelte, bevor ich sie in das Sauceschälchen tunkte, umständlich und mechanisch, als hätte ich eine Aufgabe zu erfüllen, aß und kaute ich. Auf dem Rückweg merkte ich, wie ich die Schritte verlangsamte, verhielt. Nur nicht zurück. Ich lief rasch die Treppen zur nächsten Metro hinunter, um mich von dem fauligen Aufwind durchwehen zu lassen.

Wieder in der Wohnung, legte ich mich im Nebenzimmer auf das große Bett, angekleidet, in Mantel und Schuhen legte ich mich hin und fiel gleich in einen tiefen traumlosen Schlaf. Wachte mitten in der Nacht auf, zog mich aus und trug den Fernseher in das Schlafgemach. Die Krallen des Unglücks, murmelte ich, als ich nach Stunden peinigenden

Wachliegens endlich den Schlaf nahen fühlte. Und »Das Fell der Forelle« dachte ich noch. Bevor ich einschlief.

Krallen des Unglücks war das erste, was mir nach dem Aufwachen am späten Morgen wieder einfiel. Würde ich das Niederschmetternde der Ankunft in einer Geschichte lesen, dann handelte es sich eben nur um eine einleitende Episode, und Handlung, nämlich Fortgang und damit Rettung wären nahe. Es war aber keine Geschichte, eine Geschichte wird eine Geschichte erst im Rückblick, es ist keine Geschichte, es ist blutiger Ernst, es ist JETZT, es ist die Falle, ging es mir durch den Kopf. Und beim Blick auf die Fremdkörper meiner unausgepackten Gepäckstücke murmelte ich: Der Packen ist mir zu schwer, für meine Kräfte zu schwer geworden, ich kann die Last nicht mehr tragen. Last? Ich könnte ebensogut sagen: Leid. Welches Leid?

Es war bestimmt nicht der Tod der Tante. Und die Wohnung atmete überhaupt nichts von Todesfall, sondern im Gegenteil den Moment ihres Aufbruchs in die Ferien. Sie hatte sich nicht die Mühe gemacht aufzuräumen, sie war ja in der Gewißheit abgereist, in drei Wochen wiederzukommen; und dann war sie mitten im Urlaub »vom Tod dahingerafft« worden. Die Wohnung reproduzierte ein in der Hast des Aufbruchs angehaltenes und verewigtes Tantenleben. Bei der geschwungenen Kommode im Stil Louis' XV. mit der geäderten Marmorplatte und den Einlegearbeiten, Intarsien, in hellem Holz stand eine Schublade offen; und auf dem Fauteuil neben dem mit ungeöffneter Post überhäuften Tischchen lagen Strümpfe. Auf dem Eßtisch war das schmutzige Frühstücksgedeck stehengeblieben, auch ein Lippenstift. Im Schlafzimmer nebenan mit dem großen Bett und den auf dem Sims des Cheminées gestikulierenden weißen Nippfigürchen stand ein zweiteiliger leicht bauchiger Schrank mit einer Hängevorrichtung für Kleider im höheren und Schubladen im niedrigeren Teil. An der Hängevorrichtung hingen Kleider, Kostüme, Pelze, sogar ein Fuchspelz mit ausgestopftem Kopf war darunter. In den Schubladen ein Gewürge von Unterwäsche, Büstenhaltern, Schlüpfern. Für meinen Mantel war da kein Platz. Am Boden des Schranks eine Kartonschachtel mit Korrespondenzen, Kontoauszügen, Akten, Fotoalben, Agendas, darunter ein mit farbigem Bändel zusammengehaltenes Briefbündel – Privatsachen.

Ich stand in dem Tantennachlaß wie in einer Arrestzelle. Lief zum Klosett gleich neben dem Eingang, dem einzigen einigermaßen geräumigen Örtchen in der Wohnung, und setzte mich im Finstern hin. Ich laufe aus wie ein lecker Behälter. Ich sprang auf. Auf der Suche nach einer Waschgelegenheit entdeckte ich am Ende des Flurs die winzige Duschkabine mit dem trüben Plastikvorhang. Und nebenan die ebenfalls winzig kleine Küche mit dem klebrigen zweilöchrigen Gasherd, dem vorsintflutlichen Durchlauferhitzer, den paar Pfannen und Gewürzen auf Wandregalen, dem Spülbecken, dem Wandkalender über dem Spülbecken, dem kremfarbenen Korpus für das Geschirr. Auf dem Korpus ein hartgewordenes Steckenbrot.

Ich merkte, wie die Möbel und Dinge mich anfremdeten, wie sie mich zu bedrängen, aus der Wohnung zu drängen begannen und sagte laut: Ich habe hier nichts verloren. Ich hatte hier nichts zu suchen. Ich schwitzte. Und während die Panik in mir hochkroch, fühlte ich gleichzeitig den Puls eines unsinnigen Glücksversprechens, einen Puls, der, kaum merklich, in mir zu pochen anhob. In den Schwaden der finstersten Niedergeschlagenheit das Irrlicht oder Glühwürmchen eines Glücks: als wenn das Buch meines Lebens sich öffnen und ich das erste Wort lesen könnte.

Nach Spazieren war mir nicht, ich mußte mir ein Ziel setzen. Ja, eine Wäscherei finden. Ich klaubte die schmutzige Wäsche aus der Reisetasche, leerte den Rest auf den Boden und stopfte die Wäsche in die Tasche zurück. Ich lief hinaus, warf einen Blick in das Café mit dem Tabakwarenverkauf. An der Theke standen robuste Männer mit verschlossenen Gesichtern in abgeschossenen Anzügen, darunter welche in Überkleidern, Handwerker. Der Blick des Wirts, der den meinen kreuzte, schien mir hämisch. Eine mürrische Männerrunde. An den Tischchen Damengesellschaft, hauptsächlich alte Frauen mit übertrieben geschminkten Wangen, Gesichtern wie Fieberlarven. Und kein Wort, kein Geräusch. Waren sie meinetwegen verstummt? Einige Häuser weiter stieß ich auf eine Wäscherei und trat ein. Die Trommeln der aufgereihten Maschinen drehten sich, summten und schepperten. Die Luft war heiß und roch nach Waschmitteln und noch etwas, Ausscheidungen, wie in Spitälern? Waren die beiden Männer, die zwischen den Maschinen hin und her und dann wieder in einen wohl privaten Hinterraum trotteten, die Inhaber? Der eine war fettlich und schwarzhaarig und hatte ein geziertes, leicht seifiges Lächeln aufgesetzt, der andere, hager bis drahtig, einen unwirschen Ausdruck im Gesicht. Brüder? Partner? Oder warme Brüder? Mittleren Alters, wohl Algerier. Mit dem Fettlichen kam ich gleich ins Gespräch, er bediente mit Inbrunst. Neu im Quartier? fragte er. Passant? Ausländer? Ach, das Ausland. Letzten Sommer waren sie im Ausland gewesen. *Es geht nichts übers Reisen.* Am liebsten hätte er mir seine Krankengeschichten erzählt. Aus dem Hinterraum roch es nach Küche. Ob ich Hemden und Wäsche gebügelt oder ungebügelt oder nur die Hemden gebügelt haben wollte. Jaja, die Hemden gebügelt. Bis dann und dann. Ja. Wiedersehen.

In einem Café mit rundlaufender Theke ließ ich mir ein Glas Wein bringen. Ein junges Paar mit Kinderwagen stand an der Theke und plauderte mit dem jungen Wirt, der einen Pullover trug und nicht wie ein Wirt, vielmehr wie ein weiterer Gast aussah. Und noch einer mit einer aufgefalteten Zeitung hockte da und hielt, gelegentlich aufblickend, mit. Aus dem Musikautomaten trällerte ein Countrysong, und die Sonne tastete sich schräg in das Lokal, und ich nippte an meinem Glas und horchte angespannt zu, mit Blick auf die Straße, und die Straße lag vormittagsleer und besonnt unter den Bäumen, und bald würden die Läden aufmachen. Ich zögerte das Trinken hinaus und bestellte ein weiteres Glas. Als ich aufbrach und ziellos weiterlief, setzten endlich die Straßengeräusche wieder ein. Ich mußte sie innerlich abgestellt haben, nun waren sie wieder da. Ich atmete auf. Es ging alles seinen Gang. Alles geht seinen Gang, murmelte ich. Dabei befiel mich ein selten gekanntes Schamgefühl, wohl weil ich nichts verloren hatte da auf der Straße, wo alles seinen Gang ging; nichts verloren, nichts zu suchen, nichts zu erwarten, nichts zu hoffen, nur die Zeit herumzubringen hatte und wie in eine Glasglocke eingesperrt einen Schritt vor den anderen setzte.

Das Braun des Treppenhauses mochte ich nicht, dachte ich beim Treppensteigen wieder zu Hause. Braun wie Schulbänklein, wie Lehrmittel, wie Erbrochenes. Nun gehörte die Farbe zu meinem Alltag, zu mir.

Da war die Wohnungstür mit den drei Schlössern. Was ist die Last, was ist der Packen?

Die Concierge nickte mir zu, sie schien betrunken. Die paar Pflanzen in Kübeln im dreizackig abgegrenzten Innenhof gehörten wohl zu den Pflichten der Abwartsfrau ebenso wie das Postverteilen, sollte ich je welche bekommen. Eine Säuferin. Ißt wohl kaum etwas. Ausgemergelt, wenn sie nicht so ungemein vital wirkte. Oder hatte der Eindruck der Vitalität mit Wut zu tun? Das Gesicht ungesund rot – vor Wut? Sie hustete, mit der Zigarette zwischen den Lippen. Sie gehe nie aufs Land, vertrage die ungesunde Landluft nicht, auf dem Land huste sie. Da war ein dicklicher junger Mann, der in ihrer Loge herumhing, ihr Sohn? Sie sprach von meiner Tante in einem Ton, der Sympathie oder doch Respekt verriet. Mich mochte sie nicht. Ob sie mich für einen Erbschleicher hielt? Sie konnte ja nicht wissen, wie unwohl ich mich in der Tantenwohnung fühlte. Ich hatte da nichts zu suchen.

Ich glaubte mich von der Concierge überwacht. Bin ich diesen Vormittag nun schon zum zweiten oder schon vierten Mal an ihrer Loge vorbeigeschlichen?

Gleich gegenüber dem Postamt, auf dem viel schwarzafrikanische Kundschaft anstand, war ein kleines Eßlokal, in dem die Postleute ihre Mittagspause verbrachten, da suchte ich mir einen Platz. Es gab Hausmannskost, Tomaten mit Zwiebeln in Öl als Vorspeise und Kalbsragout mit Salzkartoffeln als Hauptgang, danach Karamelpudding, Kompott oder Kuchen zum Dessert. Das gutmütige Lachen und Schwatzen der Stammgäste und mein Schweigen hinter der Zeitung. Und schon bald eine Bemerkung über das Wetter, die mich einbezog. Ich blieb sitzen, bis die Männer zu ihrer Arbeit zurückkehrten.

Wieder auf der Straße merkte ich, daß ich in der Cafébar mit dem Pullover tragenden jungen Wirt, der nicht wie ein Wirt aussah, etwas vergessen hatte. Ich hatte da ein Gefühl vergessen, das mir die Musicbox zugespielt hatte, ein Gefühlswickelkind. Ich fand es nicht wieder oder konnte es nicht auswikkeln, und nun schien mir der Verlust unersetzlich. Vergiß es. Statt dessen fiel mir »Das Fell der Forelle« wieder ein. Sollte das ein Witz sein? Ich sah gleich die kokette Halbnackte in dem klaffenden Pelzmantel vor mir. War Forelle der Spitzname einer einst populären Diva oder Halbweltdame? Entkleidungskünstlerin, Allerweltsverführerin, die nackt im Pelzmantel aufzutreten pflegte? Fisch gleich Frauenleib, Weibfisch, Nixe? Ich griff mir einen der platzraubenden Pelze im Kleiderschrank meiner Tante heraus. Hatte ich überhaupt ein Recht, über die Hinterlassenschaft zu verfügen? Stellten die Pelze einen Wert dar? Ich riß die Kleider von der Stange und stapelte alles auf dem breiten Bett. Hätte ich eine Freundin gehabt, sie wäre mir wohl gerne zur Hand gegangen, vielleicht hätte der eine oder andere Pelz ihr Interesse gefunden. Ich hätte meine kleine Forelle gerne in einen Tantenpelzmantel gewickelt oder gestopft.

Und nun sehnte ich mich heftig nach einer Frau, einem Besuch, wie ich ihn manchmal in einer anderen Bleibe empfangen hatte. Die Besucherin war eine junge Frau gewesen, die Airhostess werden wollte und bis zu ihrer Anstellung ihren hübschen Leib in einer Bar als Anmacherin in Umlauf brachte. Sie kam jeweils vor Arbeitsbeginn am späten Nachmittag zu mir und blickte sich neugierig in dem Junggesellenhaushalt mit den paar modernen Graphiken und Bücherregalen um, und ich konnte mir ihre Bewegungen, ihre für mich bestimmten Posen anschauen, es war ein Vorgeschmack. Dann lagen wir uns in den Armen, und sie knabberte an mir herum, ließ sich abküssen, in die Arme nehmen, bis wir schnaufend verreisten bis zum Absprung, bis zur Erschöpfung. Danach ruhten wir nebeneinander in einem Kindervertrauen und entschlummerten, während von draußen die ersten abendlichen Laute zu uns drangen. Nach ihrem Weggehen blieb etwas in der Luft zurück wie von einem Falterbesuch.

Jetzt war das Bett mit dem Inhalt des Tantenschranks belegt, mit den Fellen ohne Forelle, Rökken, Kostümen. Sollte ich die Damenkleider der Concierge überreichen? Sie hätte wohl weniger mit Erkenntlichkeit als mit Mißtrauen auf das Angebot reagiert.

Ich war im Begriff, eine wahre Phobie zu entwikkeln, Berührungsphobie, Ertapptwerdensgewärtigkeit. Ich nahm die Kleider vom Bett und legte sie im Flur auf einen Haufen. Und deponierte meine eigenen Kleidungsstücke in dem Schrank. Da hingen sie nun, über den Kartonschachteln mit dem ominösen Tantenprivatissimum.

Ich entschloß mich, die Wäsche aus der Reinigung zu holen, trat bei den Algeriern ein und nahm, ohne auf den von dem fettlichen Bruder mit dem seifigen Lächeln eingeleiteten Schwatz einzugehen, die gebügelten und ungebügelten Wäschestücke, die getrennt in zwei Plastiktüten bereitlagen, entgegen. Lief eine Geschäftsstraße hoch und bog in eine steil ansteigende, von kreideweißen Häusern gesäumte stille Straße, die, wie ich feststellte, zur Kirche Sacré-Cœur führte. Es gab da ein Plätzchen mit verschiedenen Cafés und etlichen Tischen vor den Cafés. Ich setzte mich an einen Tisch, verstaute die Wäschesäcke unter dem Stuhl und schaute den Hunden zu, die miteinander herumtollten. Der eine war ein Setter, der andere ein Terrierbastard, der dritte ein patschiger junger Boxer. Mir war, ich saß mir im Wege, ich war nicht wirklich da.

Ich war auch nicht sonderlich neugierig und

schon gar nicht gefesselt wie die anderen Gäste, die sich teils von den Tischen erhoben, um sich nichts entgehen zu lassen, als ein großer Lastwagen voller Kohlensäcke mit einer weißhaarigen bebrillten Oma am Steuer auf den Platz einfuhr und umständlich zu rangieren begann, weil ein falsch geparkter Personenwagen die Weiterfahrt in eine enge Straßengabelung versperrte. Bis zwei junge Nordafrikaner, die hinten inmitten der Kohlensäcke mitgefahren waren, von der Ladefläche hinuntersprangen und sich an dem Personenwagen zu schaffen machten. Schließlich stiegen sie ein, um die Bremse zu lösen und, als auch das Stoßen und Schubsen nicht half, hoben sie den Wagen an und schoben ihn ruckweise aus dem Weg, so daß die Oma freie Bahn hatte und ratternd entschwand. Auf dem Sitz des Personenwagens prangte ein schwarzer Kohlestempel. Bravo, riefen die Zuschauer und lachten.

Ich war jetzt nicht mehr ganz ortsfremd in der Tantengegend. Ich konnte die nähere Umgebung in meiner Vorstellung zusammensetzen, angefangen bei der Straße mit dem Werkzeugladen und dem Kürschnergeschäft über diejenige mit den Brüdern in der Wäscherei, die die verfressene Geschäftsstraße kreuzte; von dieser Ader bog die kreideweiße steil ansteigende Straße ab, die zu dem Plätzchen mit den spielenden Hunden zu Füßen von Sacré-Cœur führte. Ich kannte die von Restaurants und Bäumen gesäumte und von Bussen befahrene Verkehrsstraße in Richtung Clichy; und ich kannte den großen Boulevard, der zur Porte de Clignancourt und von da zum Umfahrungsgürtel und zur Autobahn wies, mitsamt den unansehnlichen Seitenstraßen. Ich kannte einige Eßlokale und Cafés, das Postamt, das unweit gelegene Rathaus des 18. Bezirks am Platz Jules Joffrin. Ich konnte mich orientieren und je nach Architektur und Population den Behaglichkeitsgrad der einzelnen Gegenden abschätzen. Ich kannte die Metrostationen und war auch schon ins Stadtinnere gefahren. Die Stadt begann unter meinen Füßen und in meinem Geiste Gestalt anzunehmen, vor allem zu wachsen. Und dennoch kam keine Vertrautheit auf. Wo immer ich mich befand, blieb die Grimasse der Abweisung bestehen und in mir der Zustand der Verstörung.

Innerlich flehte ich meine Tante um Abbitte an. Ich wollte dir nichts wegnehmen, nie wäre es mir in den Sinn gekommen, mich bei dir einzunisten. Du bist es, die mir die Wohnung aufgehalst hat. Wärst du nur nie in die Ferien in den Tod gefahren. Und warum mußtest du in deiner Handtasche in einem Umschlag mit der Aufschrift »Im Notfall zu öffnen« meinen Namen und meine Anschrift mitführen?

Die französische Polizei hatte mich angerufen und an den Ferienort bestellt, jemand mußte sich ja um die Formalitäten, zunächst um die Räumung des Hotelzimmers und um die im Hotel verbliebene persönliche Habe samt Rechnung, kümmern. Die kleine Tante lag aufgebahrt im Kühlraum des Spitals. Noch im Tod hatte das wächserne Gesicht etwas Anmaßendes oder doch Besserwisserisches, wohl der gereckten großen Nase wegen; befremdlich das hennarot gefärbte Haar mit der kurzgeschnittenen Sommerfrisur.

Vielleicht hätte die hübsche junge Person vom Empfang, die mich in den Totenraum geleitet hatte und diskret in den Hintergrund getreten war, von mir Tränen des Abschieds erwartet. Sie gab bereitwillig Auskunft über Einlieferung und Ableben meiner Verwandten: Sie sei nicht im Koma, sondern durchaus ansprechbar, wenn auch geschwächt in der Ambulanz eingetroffen und zu aller Erstaunen trotz prompter ärztlicher Versorgung kurz darauf verstorben. Ich wunderte mich, daß mir die wertvolle Krokodillederhandtasche, die meine Tante wie ihren Augapfel gehütet hatte und die nun als herrenloses Anhängsel aus einer Schublade zum Vorschein kam, bedenkenlos übergeben wurde – wie mir auf dem Polizeikommissariat der ganze Schmuck gegen eine Unterschrift ausgehändigt worden war; vor allem erschrak ich über das sogar bei diesem unpassenden Anlaß in mir aufsteigende Interesse für die Reize der jungen Frau in meiner Nähe, deren Anteilnahme ich einzig dem Todesfall verdankte. Ungern sagte ich mich von ihr los.

Mit dem Schmuck, der Handtasche, dem Schlüsselbund und den Koffern der Tante fuhr ich gleichen Abends nach Paris, um nach der Wohnung zu sehen und bei den Behörden die langwierigen Erbschaftsangelegenheiten einzuleiten. Und kurze Zeit darauf schaffte ich mich selbst nach Paris, um ein neues Leben zu beginnen oder zumindest einen neuen Anfang zu wagen.

Um irgend etwas zu tun oder auch, um die schreckliche Berührungsfurcht zu überwinden, griff ich mir aus der am Boden des Kleiderschranks deponierten Kartonschachtel ein Fotoalbum heraus und begann zu blättern. Die Fotos waren mit Klebedreieckchen auf den schwarzen Albumseiten befestigt, die Seiten randvoll. Zum Teil handelte es sich um Urlaubsbilder, Aufnahmen von Straßenfotografen.

Man sah die Tante allein oder in Gesellschaft von Freundinnen auf Promenaden am Meeresstrand, unter Palmen oder posierend vor Denkmälern und eleganten Hoteleingängen. Die Damen waren immer dezent angezogen und trugen Selbstsicherheit zur Schau, manchmal Hochnäsigkeit, selten Fröhlichkeit. Dann gab es Atelieraufnahmen aus verschiedenen Lebensaltern, ich konnte die Veränderung vom träumerischen modebewußten Mädchen bis zur energischen Person mit mürrischem Gesichtsausdruck feststellen – die Spuren des Lebens. Bei Gruppenaufnahmen vermeinte ich verwandtschaftliche Gemeinsamkeiten festzustellen, ich konnte mich auch täuschen. Männer gab es nur wenige auf den Bildern und kaum solche, die ein Liebesverhältnis vermuten ließen. Meine Verwandte schien schon immer alleinstehend gewesen zu sein. Sie hatte kleine Geschäfte für Damenmoden geleitet oder besessen. Es gab Bilder, auf welchen sie vor dem Eingang solcher Boutiquen mit Firmennamen wie *Touchic* oder *La Mimosa* allein oder mit einer Angestellten zu sehen war. Die Geschäfte machten einen wenig einnehmenden Eindruck, mit Vitrinen, die überfüllt waren, bei einigen hingen übereinandergestapelte Damenkleider an Bügeln auf die Straße hinaus.

Sie war eine bescheidene Geschäftsfrau gewesen,

die einen beschränkten Bekanntenkreis hatte und als nächststehendes Wesen einen Hund, Foxterrier. Es gab Atelieraufnahmen von dem Hund, richtige Porträts. Ihr Leben schien sich zwischen Geschäft und Wohnung und mehr oder weniger kostspieligen Ferien abgespielt zu haben. Jung sah sie hübsch aus. Die Fotos gaben keinen Aufschluß über ihr Privatleben, vielleicht hatte sie keines gehabt. Sie schien immer schon finanziell unabhängig, mit den Jahren zunehmend einsam, mit Ausnahme des Hundes ohne Anhang, immer auf Repräsentation und auf gute Erscheinung bedacht gewesen. Sie hatte Zeitungen gelesen, auch Bücher, es gab eine Balzac- und eine Maupassantausgabe und noch ein paar andere Bücher, eigentlich nichts, das auf besondere Neigungen schließen ließe.

Ich suchte sie mir in Erinnerung zu rufen von den wenigen Malen, da ich bei ihr zu Besuch gewesen war. Ihr Verhalten mir gegenüber hatte zwischen Bemutterung, autoritären Anwandlungen und Schmeichelei geschwankt. Da, setz dich hin, du mußt müde sein, ich werde dir gleich einen Kaffee bereiten. Es half nichts, wenn ich betonte, daß ich weder sitzen noch Kaffee trinken möge, zumal ich eben gerade im Bistro Kaffee getrunken und herumgesessen sei, um nicht ungebührlich früh an ihrer

Tür zu erscheinen. Keine Widerrede, sie lief in die kleine Küche und setzte Kaffee auf, vor sich hinsummend mit leicht geistesabwesendem Gesicht. Es klingelte an der Tür. Der Hund bellte, die Tante schrie ihn an, Ruhe, gib Ruhe, du Unflat. Und durch die Türe fragte sie, wer da sei. Es waren die Nachbarn, ein altes Ehepaar, eine dunkelhäutige verrunzelte Frau, hinter ihr ein hochgewachsener beleibter Mann mit tappenden Schritten, ein Blinder. Algerier, Harkis, wie ich später erfuhr.

Ich nahm den Hund an die Leine und stieg die Treppen hinunter, hörte die gellenden Stimmen der Frauen und die sinnende Blindenstimme des Mannes. Und wartete vor dem Haus auf die Tante, die mich zum Essen ausführen wollte.

Ich legte das Fotoalbum in die Kartonschachtel zurück. Im Grunde wußte ich nichts von der Tante. Sie war die längste Zeit höchstens auf dem Papier eine Anverwandte gewesen. Es gab kaum gemeinsame Erinnerungen, wenig Verbindendes. Und jetzt hatte es mich in ihre Hinterlassenschaft verschlagen.

Und in der mich anödenden, ja abschreckenden Umgebung, in der ich mich nicht zu rühren wagte, war mir nun zumute, wie wenn auch ich keine

Vita, keine Vergangenheit hätte. Als wäre ich nie von einer Mutter geherzt und von einer väterlichen Hand übers Haar gestreichelt worden. Als hätten keine Gefühle, keine Erinnerungen mich je mit anderen Menschen verbunden. Aus den Maschen gefallen.

Ob der Blinde von nebenan noch lebte? Ich wünschte mir, die sinnende Blindenstimme zu hören und nicht das enervierende Turteln der Tauben im Hinterhof. Die Lähmung der Seele, hatte ich einmal gelesen. Und *Die Lähmung der Seele* murmelte ich, in dem monumentalen Fauteuil neben den Tischchen fürs Fernsehgerät mit der blinden Mattscheibe.

Wenn die Tante mich in diesem jämmerlichen Zustand erblickt hätte?

Erbschleicher, knurrte ich, wie kannst du dich darüber beklagen, daß dir die Wohnung zugefallen ist. Sie ist dir zugefallen, weil du anscheinend ihr einziger Verwandter bist, wenigstens der einzige aufzufindende Verwandte; darum kannst du über die Wohnung verfügen, bis auf weiteres jedenfalls, bis die Erbschaftsangelegenheiten abgeschlossen sein werden. Freiwillig hätte sie sie dir nicht überlassen, sonst fände sich ein Testament vor. Du bist unberechtigterweise zu der Wohnung gekommen, du hast sie dir angeeignet. In Wirklichkeit hast du die Tante umgebracht. Umgebracht? Kam ich auf umbringen, weil ich jene andere umgebracht hatte, die meine Frau und meine einzige Liebe gewesen war?

Sie hatte dagesessen wie unzählige Male zuvor, an unserem Eßtisch hatte sie gesessen, auf der Anklagebank, Schlachtbank; und hatte alles über sich ergehen lassen, alle Anschuldigungen, Verdachtsmomente, alles, was ich hervorzuzerren imstande war sowohl aus unserem gemeinsamen Leben wie aus ihrem Vorleben, von dem ich nur undeutlich Kenntnis hatte, alles nutzte ich, um es gegen sie zu wenden, um sie klein und häßlich zu machen, um sie zu erniedrigen. Sie ließ es über sich ergehen, ohne auch nur im geringsten zu einer Verteidigung anzusetzen. Warum schwieg sie? Ich weiß noch, ich dachte: Dieses reine Licht der Seele, das ihr Gesicht atmet. Ich war hingerissen, am Dahinschmelzen war ich, ihr zu Füßen lag ich, während ich sie mit Worten metzelte und ihre Liebe umbrachte. Und dann war sie aufgestanden und weggegangen, stumm. Und anderntags war sie fort, und alle ihre Dinge waren aus der Wohnung verschwunden.

Warum hatte ich nicht über die Lippen gebracht, was ich wirklich fühlte: Ich liebe dich. Du bist alles, was ich auf Erden habe, mein ganzer Stolz. Du Veilchenvoll, bleibe bei mir, weil ich nicht ohne dich sein kann. Statt dessen die Folterbank. Warum genügte mir nicht, daß sie mich ertrug und immer zu mir gehalten und in den Umarmungen das Innigste mitgeteilt hatte? Es war nicht genug. Ich lechzte nach mehr, ich lechzte nach dem unumstößlichen Liebesbeweis. Daß sie für mich aus dem Fenster gesprungen wäre? Daß sie mich von der Ungläubigkeit, der Zweifelzerfressenheit, von mir selber erlöst und auf ihren Schwingen dahingetragen hätte bis über den Tod hinaus. Es ist nicht die Arrestzelle der Tantenwohnung, es ist die Lieblosigkeit, die mich martert und lähmt. Die Herzenskälte. Die Lähmung der Seele ist die Herzenskälte. Ich erfriere.

Und dennoch machte ich weiter. Machte meine Gänge wie jedermann und gab mir den Anschein, beschäftigt zu sein.

Ich hatte eine Bekannte gefunden, eine Freundin der verstorbenen Tante, die ich in deren kleinem Adreßbuch ausfindig gemacht und in dem unweit gelegenen Laden aufgesucht hatte. Sie war eine Dame mittleren Alters, leicht füllig und betrieb ein Geschäft für Büromaschinen, es gab auch Fotokopierapparate. In diesem technischen Rahmen wirkte sie geschäftsmäßig kühl. Sie war es in Wirklichkeit nicht. Sie hatte zwei Kinder von verschiedenen Liebhabern, auf die sie noch stolzer zu sein schien als auf ihre Kinder; die Liebhaber verheiratete Männer, von welchen sie in Wendungen tiefer Zuneigung, ja Dankbarkeit sprach, ah l'amour ... Und von der Tante sprach sie in Worten der Hochachtung, eine tapfere Frau, wiederholte sie mehrmals, sie habe im besetzten Paris zu Widerstandskämpfern Verbindung gehabt, Botschaften übermittelt, Verfolgte versteckt, riskante Mutproben alles in allem, von welchen ich natürlich keine Ahnung hatte.

Wir gingen zum Essen aus und einmal nach dem Essen auf ein Glas zu mir in die Tantenwohnung. Als ich merkte, daß sie sich über das Konventionelle hinaus für mich zu interessieren begann, wurde ich kopfscheu. Ich merkte es daran, daß sie unverhältnismäßig heftig für mich Partei ergriff, als ich erwähnte, von meiner Frau verlassen worden zu sein. Nehmen Sie ein weißes Blatt, meinte sie mit zornig-verächtlichen Blicken, schreiben Sie den Namen der Einstigen darauf, und dann machen Sie einen dicken Strich durch den Namen, so, sagte sie, den Strich energisch in die Luft zeichnend. Sie war auf meiner Seite, sie war für Klarheit.

Ich schaute manchmal in ihrem Laden vorbei,

um guten Tag zu sagen, sie war ja, sah ich von den Brüdern im Waschsalon ab, meine einzige Bekannte.

Zum Ausgehen war mir jeder Vorwand recht, manchmal auch nachts. Einmal, es war schon nach Mitternacht, lief ich die Einkaufsstraße mit all den Metzgereien, Gemüse- und Früchtegeschäften, Käseläden, Bäckereien hoch, die nun alle hinter ihren Rolläden im Dunkel lagen, auf der Suche nach einem noch offenen Lokal. Ich fand eine Bar, deren Name mit Fußball zu tun hatte, die Football Bar? und trat ein. An der Theke saßen Araber, hinter der Theke wirtschaftete eine rundliche Mama, die die Gäste in einem an die Tante gemahnenden, gespielt barschen Ton verwöhnte; die Stimmung eine heitere Familienstimmung, schon etwas außer Rand und Band. Die Araber stellten Unsinn an mit zwei Hunden, einem Dobermann und einem Schäfer, die tagsüber hinter der Theke hausten, nun aber hervorkamen und bald einmal an meinen Oberschenkel stupsten. Über dem Flipperkasten scharrte und schnarrte ein Vogel, eine Dohle, alt und zerzaust. Die Araber hänselten den Vogel, der eifrig nach ihnen pickte. Sie banden dem Dobermann mit einer Serviette eine Haube um den Kopf, lachten untereinander und zu mir, und die Wirtin suchte aus der

Musicbox schöne Chansons aus und sang mit einer dunklen vollen Stimme mit. Ich spürte, daß ich Hunger hatte, wann hatte ich zuletzt gegessen? und erhielt ein knuspriges, mit Butter bestrichenes und Schinken belegtes Steckenbrot, kaute und trank nach dem Kaffee noch einige Gläser Rotwein. Da erst entdeckte ich die Frau, oder vielmehr: Ich wurde gewahr, daß sie zu keinem der männlichen Gäste gehörte, näherte mich ihr und begann sie in ein Gespräch zu ziehen. Wir tranken zusammen, und als die Bar zumachte, fanden wir uns zusammen auf der Straße. Und nun?

Die Frau schlug vor, ein letztes Glas bei ihr zu trinken. Meinte sie es wirklich? Wollte sie mich abschleppen? Ich ging mit.

Nach der Wohnung zu schließen, war sie keine Professionelle, nur eben eine alleinstehende, nicht mehr ganz junge, immer noch gutaussehende Frau. Wir hatten einiges getrunken, beide waren wir müde. Wir schauten uns an.

Ich hob die Frau, von der ich nichts wußte, hoch. Ich legte sie hin, ich schob ihren Rock hoch, ich schälte ihre Brüste aus den Haltern, ich griff mit Fingerspitzen nach den Nippeln der Brustwarzen und begann sie zart zu klemmen. Sie ließ es geschehen, und der Ausdruck ungläubigen Staunens – über sich selber? – trat in ihre Augen und schlug in die Geistesabwesenheit lasziver Bereitwilligkeit um. Ich hob das Höschen an und streifte es herunter, schob die Schamlippen auseinander, spürte, wie die Frau sich mir öffnete … und dann sagte ich: Sag es mir, sag es mir jetzt.

Sie wachte unwillig auf aus einer Willfährigkeit, die in ein Behagen und forderndes Begehren überzugehen im Begriff war, und

Was soll ich dir sagen? flüsterte sie, noch nicht erschrocken, nur unwillig. Soll ich dir sagen, daß ich dich mag?

Sag es, sag es mir jetzt, wiederholte ich.

Und sie: Du dummer Junge. Und als ich sie anstarrte wie den aus dem Wasser gezogenen zappelnden Fisch, schrie sie mich an: Du Dreckskerl, gemeiner, was fällt dir ein?

Sag es, sag es mir, wiederholte ich und ließ sie liegen.

Da brach sie in Tränen aus, in ein ihr ganzes Wesen schüttelndes verzweifeltes Schluchzen, lehnte sich an mich, zitternd. Und ich hielt sie, ganz kalt im Herzen, ganz Ohr, ganz leer

und murmelte: Sag es mir, sag … Und lief weg.

Als ich anderntags nach langem tiefem Schlaf in dem Tantenbett aufwachte, wollte ich eben zu einer Rede ansetzen des Inhalts: Liebe Tante oder besser Madame, ich muß Ihnen gestehen, daß ich nicht ihr Neffe, sondern ein Hochstapler und überdies ein Mörder bin, ich stamme aus dem Geschlecht der Stolp . . ., als ich einhielt, weil mir der Traum einfiel, nicht einfiel, sondern urplötzlich da war. Der Platz war da, Place de la Concorde, viele Leute, die sich um ein mir unsichtbares Ereignis nicht nur scharten, sondern drängten. Ich lief hin, und um besser zu sehen, über die Köpfe hinwegsehen zu können, begann ich zu hüpfen und mich hochzuschnellen. Und auf einmal blieb ich in der Luft, ich schwebte, ich konnte sogar die Richtung des Schwebens bestimmen. Ich schwebte über den Leuten und driftete ab in Richtung Palais Bourbon/Assemblée Nationale und über die Seine. Entkommen. Ein Vergnügen war das Dahinschweben, die Frage war einzig, ob ich wieder herunterkommen und Boden fassen konnte. Oder hatte ich endgültig abgehoben? Seitdem ist immer diese Versuchung, und manchmal ist es eine Obsession, des Springens, Springenwollens, Springenmüssens in meinem Kopfe, von der Brücke springen, vom Eiffelturm springen. Ich frage mich: Will ich springen, um fliegen, über alles hinweg- und davonfliegen zu können? oder um mich zu Tode zu stürzen?

Nach dem Aufstehen lief ich gleich hinaus. Es war früh, die Straßenreiniger mit ihren grünen Kehrbesen waren am Werk, und im Rinnstein lief das Wasser. Wie es dahinspülte, klar und blitzend und rein, eile eile. Eile, murmelte ich, meine Augen konnten sich nicht satt sehen an dem blitzenden Spülicht, das mich durchlief, reinigte, wegspülte. Und mit dem Bild des eilenden Wassers vor Augen lief ich davon. Aber wohin? Eile eile.

Ich lief zu dem Haus der Frau, die ich in der Fußballbar kennengelernt und danach so schmählich versetzt hatte, klingelte an der Wohnungstür und trat, als sich die Tür nach langem Warten einen Spaltbreit öffnete, unter leichter Gewaltanwendung gleich ein und sagte:

Bitte hör mich an, ich muß mich erklären. Ich habe mich gestern nacht scheußlich benommen, ich muß betrunken gewesen sein, betrunken, verrückt, überreizt, jedenfalls bin ich hergekommen, um mich zu entschuldigen. Verzeih, wenn du kannst.

Sie sah mich mit mißtrauischen, vorsichtig Abstand nehmenden Augen an und erwiderte:

Ich konnte wirklich nicht verstehen, was in dich

gefahren war. Erst überfällst du mich, dann beleidigst du mich, wie mich noch keiner beleidigt hat und alles in einer mir unverständlichen Weise. Was habe ich ihm nur angetan, was wollte der verrückte Kerl von mir, habe ich immer gedacht. Ich habe lange geweint und wußte nicht einmal, worüber ich weinte. Ein Flegel. Womit habe ich das nur verdient? Und jetzt bist du wieder da, und ich kenne nicht einmal deinen Namen.

Ich heiße Frank und stamme aus dem Geschlecht der Stolp, ich meine aus der berühmten Familie der Stolp, du kennst sicher den gleichnamigen Zirkus, ein Wanderzirkus, nun, er besteht leider nicht mehr, war aber lange ein Begriff. Ich dachte, der Name müßte dir geläufig sein. Alle Stolp waren Akrobaten seit Generationen, dies im Unterschied zu der Annotation, die im Namen aufscheinen mag. Was sie vor der Zirkusgründung getrieben haben, entzieht sich meiner Kenntnis, ich könnte ja nachforschen, doch will ich uns nicht mit genealogischen Problemen langweilen. Zu derlei Forschungen ist die Zeit viel zu kurz bemessen, ich meine die Lebenszeit, mein Leitsatz heißt *eile*. Eile eile, sage ich mir immer, ich scheine mir weniger fürs Denken als fürs Laufen gemacht, darum möglicherweise auch mein verletzendes Betragen gestern nacht, für welches ich nochmals in aller Form um Verzeihung bitten möchte. Wollen wir ausgehen?

Ich weiß gar nicht, was ich von dir halten soll, antwortete die Frau. Mein Gefühl sagt mir, Hände weg von dem Kerl. Ich hätte besser gar nicht aufmachen sollen. Was willst du überhaupt hier und von mir? Zudem habe ich eine Verabredung. Ich treffe mich mit argentinischen Freunden. Ich könnte dich ja mitnehmen, wenn du versprichst, dich zu benehmen und nichts über die Umstände unserer Bekanntschaft verlauten zu lassen. Ich heiße Carmen.

Unter ihren Freunden sah ich Carmen mit anderen Augen. Sie war eine andere Person, lebhaft, schlagfertig und amüsant. Sie befand sich ja jetzt unter den Ihren, möglicherweise war sie auch südamerikanischer Herkunft. Die Freunde waren zwei Paare, Geschäftsleute? schwer einzuschätzen, der eine nannte sich Domingo, er war es, der mich als Carmens *fiancé*, hörte ich richtig? bezeichnete, natürlich nicht von Anfang an, sondern nachdem wir miteinander warm geworden waren. Ich ging natürlich nicht darauf ein, fühlte mich aber angeregt wohl in dem Emigrantenkreis mit ihrem in Worten und Gesten aufscheinenden, mir verborgenen Hintergrund. Fühlte mich aufgehoben in der verrauchten Bar mit der aus dem Musikautomaten säuselnden

Schlagermusik, die mich in die andere Bar mit dem pullovertragenden, nicht wie ein Wirt aussehenden Gastwirt zurückversetzte und an das dort verlorene Gefühl erinnerte, ein trauriges Gefühl, es mußte mit meiner Frau, als wir noch zusammen glücklich waren, zusammenhängen und jetzt mit Verlusten, nicht daran denken, ich heiße Frank und stamme ...

Ich war also zum Verlobten aufgerückt und insofern halbwegs Südamerikaner geworden, und als wir aufbrachen, schien es nur natürlich, daß sich Carmen bei mir unterhakte. Als wäre es ausgemacht, gingen wir zu ihr. Und da liebten wir uns. Und als ich abzog, dachte ich, es ist nicht nur das Hungerstillen: Wer lange aus dem geschlechtlichen Stromkreislauf ausgeschlossen bleibt, fällt aus der Welt. Das ungestillte Begehren führt zur Dämonisierung des weiblichen Geschlechts. Umgekehrt ist der Blick des Mannes, der vom Weibe kommt, der menschenfreundlichste Blick. Amen. Ich dachte es auf dem Rückweg.

In der Tantenwohnung nahm ich mein Gespräch mit der verschiedenen Verwandten wieder auf.

Hier wäre er wieder, der Mörder, Madame. Ich habe von Ihrer Freundin, der Dame in dem Büromaschinengeschäft, Ghislaine heißt sie, wenn ich nicht irre, erfahren, Sie hätten sich unter der deutschen Besatzung im Untergrund unter Einsatz des Lebens bewährt, ich kann nur staunen. Demgegenüber kommt mir meine eigene Heulsucht kindisch vor, ich meine das Gefühl der Gottverlassenheit, das mich niederdrückt.

Und noch während ich es aussprach, wollte das Elend mich von neuem anfallen. Es ist weniger eine Gottverlassenheit als ein Manko. Wie wenn mir der Boden unter den Füßen weggezogen wäre und außerdem wie wenn ich innerlich ausliefe. Ich laufe aus wie ein lecker Behälter.

Madame, nahm ich meine Rede wieder auf, erlauben Sie, daß ich Sie Tante nenne, auch wenn wir uns fremd sind. Ich sagte ja schon, daß ich aus dem Geschlecht der Stolp stamme und daß mir eben ein beträchtliches Erbe zugefallen ist, das mir eine Art Rentnerleben zu führen gestattet. Insofern bin ich der glücklichste Mensch. Es geisterte ja neulich auch etwas wie ein geheimes Glücksversprechen in der Wohnung, ich möchte nicht übertreiben, es war sozusagen nur das Glühwürmchen eines Glücksversprechens, aber immerhin, und dabei ging mir durch den Kopf, das Versprechen könnte mit dem Umstand zu tun haben, gewissermaßen ein neues Leben betreten zu haben. Mir schien, als würde sich das Buch meines Lebens aufschlagen und ich könnte die erste Seite lesen. Wie aber, wenn die Seite leer wäre?

Ich habe neuerdings oft das Verlangen, von der Brücke, vom Eiffelturm zu springen, mich ins Leere zu stürzen. Ich kann wohl nicht recht Fuß fassen, vielleicht ist mir auch der Boden wenn nicht zu heiß, so doch zu ungemütlich geworden. Oder sollte es eine genetische Erklärung für solche Anwandlungen geben? Meine Vorfahren waren, wie schon gesagt, Akrobaten, nicht Bodenakrobaten, sondern Luftakrobaten, Trapezkünstler. Vom Boden abheben zu wollen, muß nicht unbedingt mit Todessehnsucht gleichgesetzt werden, es kann im Blut liegen, nicht wahr?, es könnte auch der Ausdruck von Ungeduld sein. Könnte Ungeduld die Kehrseite von Lethargie sein, von Langeweile? Ich habe es immer eilig, auch wenn ich kein Ziel habe. Und schon bin ich wieder auf der Straße.

Um auf die Brüder im Waschsalon zurückzukommen, die ich zu den wenigen Bekannten zähle, wobei ich Ghislaine, die Frau in dem Laden für Bürobedarf, und Carmen, die ein Argentinier namens Domingo für meine Verlobte hält, miteinbeziehe, so will mir scheinen, als habe ich sie schon früher gesehen, und zwar in Amerika, in der Gegend von Biloxi, genauer gesagt. Ich war damals mit meiner Frau unterwegs. Wir fuhren einen blauen Chevrolet Impala, es war Ferienzeit. Schwärme von Ausflüglern, wären es nicht Autos gewesen, man hätte an ein Getümmel von Robben gedacht. Eine Lust war es, in dem Getümmel mitzuhalten, die allgemeine Vorfreude teilte sich uns gleich mit, so viel Versprechen, so viel Vorhaben, so viel Guthaben in der Luft. Mir fiel ein komisches kleines Auto mit heruntergelassenem Verdeck auf, aus dem neben allerlei Sportgerät, Golfschläger? Gummiboot? zwei männliche Oberkörper ragten. Die meisten der anderen Wagen führten kinderreiche Familien mit oder ohne Hund mit, sie waren dementsprechend groß und gerammelt voll, nur das winzig kleine Auto machte eine Ausnahme. Es fuhr wie alle anderen ans Meer, und doch fuhr es irgendwie gegen den Strom, es fuhr in einer tapferen Absonderung daher, lächerlich eigensinnig inmitten der allgemeinen Massen-euphorie. An dieses kleine Auto mußte ich denken, als ich an dem heißen wäschedampfenden Laden der Brüder vorbeilief. Hatte nicht der fettliche mit dem gezierten seifigen Lächeln seine Leidenschaft für Ferienreisen erwähnt. Ach, das Ausland!

Was die Brüder wohl miteinander anfangen,

wenn sie im Urlaub und auf Reisen sind? Sie werden sich zanken und wieder versöhnen wie alle anderen Paare auch. Das Auf und Ab der Gefühle.

Von den Brüdern im Waschsalon und den Brüdern im kleinen Auto in Biloxi kam ich auf einen Film, in dem Mastroianni einen Schwulen spielt, der am Tag eines faschistischen Aufmarschs in Rom zu Hause bleibt und mit einer ebenfalls daheim gebliebenen Hausfrau, die auf der Dachterrasse des Mietblocks Wäsche aufhängt, in die Präliminarien einer unmöglichen Liebesbeziehung verwickelt wird, unmöglich darum, weil die von Sophia Loren gespielte Hausfrau ein Vollweib ist und nichts ahnt von der sexuellen, unter dem faschistischen Regime strafbaren Ausrichtung des höflichen zurückhaltenden Mannes, den sie mit Recht für einen gebildeten zartfühlenden Signore hält – dies im Unterschied zu den Rüpeln von Mann und Söhnen, die in ihren Schwarzhemden mit all den anderen Schwarzhemden mitmarschieren; und spät am Abend, als sie sich alle zu Tisch setzen und prahlerisch den großen Tag rekapitulieren, denkt sie an den überhöflichen Hausgenossen und dessen von dem rüpelhaften Betragen der Ihrigen abstechende edle Gesinnung und fühlt sich einsam. Sie spürt den Unterschied und hüllt sich in eine melancholische Resignation. Der Homosexuelle wird am selbigen Abend verhaftet und abgeführt. Er nimmt sein bereits gepacktes Köfferchen und geht mit den Schergen mit.

Ich kam eben bei einem arabischen Gemüsehändler vorbei und sah zu, wie er die polierten Äpfel in der Kiste zum Präsentieren schön aneinanderreihte und an die auf dem Trottoir aufgebauten Gemüse- und Früchtekisten letzte Hand anlegte, bevor er sich ins Innere des Geschäfts zurückzog und für den Abendverkauf bereithielt. In der Innenbeleuchtung erschien der Mann nachdenklich, und umsichtig. Er wußte nicht, daß er glücklich, weil Inhaber eines Geschäfts und Familienvater und in Gedanken bei seiner Familie und im Hinblick auf diese von Erwartungen, Verpflichtungen, auch Sorgen erfüllt, jedoch zugehörig und insofern beheimatet und nicht aus der Welt, aus der Zeit gefallen war.

Ich ging in einem ewigen widerlichen Sonntag durch die Werktagswelt der anderen und trug die Scham meiner Überflüssigkeit wie einen Trauermantel. In dieser Hinsicht waren selbst die Brüder, ob in der Wäscherei oder im Urlaub, beneidenswert, weil *in* der Zeit.

Und was war mit dem Fell der Forelle? War das die Hinterlassenschaft der sogenannten Tante? Die Botschaft?

Ja, die Forelle ist nicht nur das glitschigste mir bekannte Wesen, sondern auch das blitzendste, vor allem wenn sie springt. Nein, Carmen könnte ich auf keinen Fall meine Forelle nennen. Die Forelle ist das unhaltbarste, nie in den Griff zu bekommende, ausgesetzteste, verletzlichste täuschendste mutwilligste schönste Silberwesen, der bare Silberling. Ich verstehe allmählich, daß man es in einen Fellmantel, einen Pelz stecken und darin zu wärmen das Bedürfnis verspüren könnte,

sagte ich zu der toten Tante, die zwar in Aix-les-Bains begraben und insofern abwesend, aber darum nicht minder präsent war.

Was sprichst du nur für Unsinn, mein Kleiner, sagte sie. Wie kannst du nur so dumm daherreden, gib acht, man soll die Zunge hüten, weiß Gott, wohin das führen kann im Kopfe, wenn man sich dermaßen gehen läßt. Ich kenne Leute, die mit solchem Unsinn begannen und dabei ganz und gar verrückt wurden. Sie konnten die Zunge nicht im Zaum halten, die Zunge geriet außer Kontrolle, und der Unsinn trug sie fort und schließlich ins Irrenhaus. Hüte dich.

Das Wort »Zunge« war mir zuviel. Lieber wäre mir gewesen, sie hätte das Wort »sprudeln« gebraucht. Ich dachte an die Sprudellöcher im Rinnstein, diesen anderen Mund, den die Straßenreiniger frühmorgens mit ihrem Schlüssel aufdrehen und das Wasser sprudeln lassen. Ich weiß nicht, warum mich das eilige Gleiten des Wasserbachs dermaßen ermutigt, erfreut. Ich halte es neuerdings mit dem Wasser und dessen Bewohnern, Wasser wie Denken wie Reden wie Reisen.

Ich setzte mich in den monumentalen Fauteuil und machte ein undurchsichtiges Gesicht. Bis die Tante verschwunden und ich allein war.

Ich hatte Hunger. Sollte ich in die Fußballbar ein Sandwich essen gehen?

Andere haben ein Herz, ich an der Stelle eine Forelle.

Unterwegs zur Fußballbar kam mir urplötzlich in den Sinn, was es mit dem in der anderen Bar verlorenen Gefühl auf sich hatte.

Es war der aus der Musicbox trällernde Countrysong, der es ausgelöst hatte, und genau diesen Song hatten wir in dem Chevrolet Impala gespielt, als wir durch die Südstaaten rollten, er war auf unserer bevorzugten Kassette. Wir waren verliebt, und meistens hielt ich die Geliebte im Arm und fuhr einhändig, ich konnte nicht von ihr ablassen, nein, ich konnte ihr nie nahe genug sein. Darum verlief unsere Fahrspur wohl nicht eben schnurgerade. Ein Motorradpolizist, der uns mit heulender Sirene verfolgt und zum Anhalten gebracht hatte, meinte, als er mit dem Studium meiner Papiere durch war und sich von meinem Nüchternheitsgrad überzeugt hatte, mit Blick auf meine Frau: Du tätest gut daran, dich beim Fahren auf die Straße und weniger auf die Frau zu konzentrieren, wobei er mich mit meinem Vornamen anredete. Die Vertraulichkeit hatte mich bei seinem martialischen Aussehen verblüfft und gerührt. Er sagte es mit amtlicher Stimme ohne Augenzwinkern und ließ uns ziehen.

In der Fußballbar war keine Carmen. Auch gut. Ich hätte sie jetzt nicht sehen mögen. Ich aß mein Sandwich und lief zurück in die Tantenwohnung, drehte den Fernseher an, zappte und stieß auf einen Dokumentarfilm, in dem der alte Tolstoi vorkam.

Der Film war altersgrau und verwackelt. Ich hatte nicht gewußt, daß Tolstoi zu Lebzeiten gefilmt worden war, Tolstoi im Film? doch er war es, ein kleiner Mann mit langem Bart und verrunzeltem Gesicht, zahnlos. Ein Muschik, hätte man gedacht, bestimmt kein Graf und schon gar kein Dichter. Und bestimmt nicht der Dichter der *Anna Karenina.* In dem Film sah man seine Schreibmaschine. Außerdem sah man ihn radfahren.

Tolstoi war in der Jugend Offizier im Kaukasus und ein Lebemann gewesen und im Alter ein gottgestrafter und sexgequälter Christusnachfolger geworden, der alle Privilegien von sich warf, die Leibeigenen freiließ, für deren Kinder Schulen errichtete und seine Stiefel selber schusterte. Ich war zwischen Bewunderung und Enttäuschung hin und her gerissen. Er übertreibt, hätte meine sogenannte Tante behauptet.

Ich wachte auf von einem scheppernden Geräusch, es tönte nach einem zu Boden gefallenen Gegenstand. Ich stand auf und suchte nach dem Schaden oder wenigstens einer Erklärung. Vergeblich. Wie, wenn es in der Tantenwohnung spukte? Wer könnte hinter dem Poltergeist stecken? Um die Tante konnte es sich nicht handeln, sie war ohnehin anwesend, mehr oder weniger jedenfalls. Wenn es der Geist von Tolstoi gewesen wäre? Lächerlich. Tolstoi hat bestimmt seine ewige Ruhe gefunden, er ruht in Frieden. Geister sind ruhelose Wesen, murmelte ich.

Wer bis jetzt nicht zur Ruhe gekommen ist und gewiß nicht so leicht in den Schlaf zurückfinden wird, bin ich. Wäre es doch Morgen, ma tante, ich darf Sie doch so nennen? Habe ich Ihnen eigentlich von den schwarzen Hühnern erzählt?

Wir wohnten in jenem Haus hoch in den Hügeln der Toskana mit Blick über das Hochland. Wenn es sonnig war, sah man das Meer und in der Ferne oder Einbildung die Insel Elba. Nur war es selten sonnig, es war Winter, zumeist war unser Haus in eine Erbsensuppe von Nebeln und manchmal in Unwetterstürme, ja Schneegestöber gehüllt. Das Haus war in die Stadtmauer verkeilt, wir wohnten gewissermaßen in der Stadtmauer des kleinen Städtchens, meist hielten wir uns in dem einzigen Raum mit Aussicht auf, einem rundum verglasten Zimmer, das die seltene Sonne erwärmte, wir nannten es Cockpit. Wir froren, wir heizten andauernd den Kamin und ließen den kleinen Elektroofen Tag und Nacht angedreht. Wir, wir zwei, meine Geliebte und ich.

Ich hatte sie hierher entführt, wir waren Liebesleute, lagen in der innigsten Umarmung, nicht nur der Kälte, sondern unseres Verlangens wegen, wir wollten ineinander vergehen.

Doch in den Zwischenzeiten waren wir einander fremd, zwei erwachsene Menschen verschiedenen Geschlechts, verschiedenen Alters, verschiedener Herkunft und Sprache, aufrecht standen wir uns in dem Cockpit gegenüber. Wir schauten hinaus. Es gab nichts zu sehen oder nicht viel, einmal Jäger mit umgehängter Flinte, das Hochland, die Steppe. Wir kochten, wir lasen, wir warteten, worauf warteten wir, da wir doch alles hatten? Einmal sah ich die Geliebte am Rand des verglasten Raums stehen, sie schien mir sehnsüchtig. Wonach mochte sie sich sehnen, wo wir doch beisammen waren? Ich stellte mich hinter sie und sah zu Füßen der Stadtmauer die paar schwarzen Hennen herumrennen; sie waren das einzige Lebenszeichen, sie stellten die Außenwelt dar. Ich sah die Geliebte lächeln. Natürlich waren die Hennen komisch in ihrem aufgeregten Gerenne, doch: Wie konnte sie Augen haben für Hennen und Federvieh, sehnte sie sich weg von mir? Schon da biß mich die Eifersucht, nein, nicht die Eifersucht, der Zweifel. Ich riß die Geliebte an mich, sag es mir, sag. Nicht auszuhalten ist die Liebe, Madame. Ich wartete den Einspruch der »Tante« nicht ab, zog mich an und rannte hinaus.

Es war noch nicht Tag, noch niemand unterwegs, Häuser und Läden geschlossen. Ich lief die kleine

Straße unterhalb Sacré-Cœur hoch, überquerte das Plätzchen und nahm die steilen Treppen. Auf halber Höhe hielt ich ein, es war das Winseln eines Hundes, das mich einhalten ließ. Ich sah ihn unten am Rande des Plätzchens, ein Setter, ein grauschwarzer englischer abgemagerter Setter, wohl eine Hündin. Ein verlorener Hund, der Inbegriff der Verlassenheit. Wenn doch nur endlich die Straßenreiniger kämen und den Tag und die Sprudellöcher aufdrehten. Wenn doch das erste Café aufmachte, wenn doch jemand wäre, zu dem ich laufen könnte. Gehörte. Vergiß es. Ich heiße Frank und fürchte mich nicht, ich kann ja fliegen.

Die Stolps im gleichnamigen Zirkus hatten eine Nummer einstudiert, die sie den *Fliegenden Holländer* nannten, eine Paarnummer, in welcher die von ihren Trapezen abgesprungenen Akrobaten sich, bevor sie sich an den Händen erwischten, mit den Mündern berührten. Später sollte die Nummer *Der geraubte Kuß* heißen.

Im dem Haus mit dem verglasten Ausguck lagen wir in einem ewigen Kuß ineinander, ein Leib und eine Seele, dachte ich ungläubig schaudernd. Es schien keine Steigerung unserer Verschmelzung denkbar.

Und löste ich mich, wenn auch nur kurz, aus der Umarmung, um auf eigenen Füßen zu stehen, dann fiel ich ins Leere. Es konnte nicht wahr sein, so viel Liebe konnte nicht wahr sein, es mußte Täuschung und Einbildung sein. Wenn es ein Spiel wäre? Ich ließ die Saat des Zweifels, die Saat der schlimmsten Phantasien aufgehen. Ich mußte das Glück dem zerstörerischen Zweifel aussetzen, um daran glauben zu können. Krank vor Liebe? Liebeskrank?

Ich lief zu Carmens Haus, klingelte, und kaum daß sich die Tür öffnete, riß ich die Schlaftrunkene, nach Bett riechende zerzauste Frau an mich, trug sie zum Bett und warf mich über sie. Ich überfiel sie, ohne auch nur ein Wort der Begrüßung von mir gegeben zu haben, bis ich über ihrem Leib einschlief.

Als ich aufwachte, fand ich mich allein in der Wohnung. Es war nachmittag. Ich verließ das Haus, aß schnell einen Happen in der Fußballbar und trieb mich in den Straßen herum. Setzte mich in einem Square auf eine Bank, sah den Spatzen zu und den spielenden Kindern. Der eiserne Musikpavillon inmitten der Anlage war vielsagend leer. Hatte ich etwas anderes erwartet? Ich blickte zu den Zeitung lesenden Alten auf den anderen Bänken, beobachtete den ebenfalls Zeitung lesenden uniformierten Aufseher in dem kleinen Wächterhäuschen und die jungen Mütter. Es gab auch afrikanische und asiatische Mädchen, die die Kinder beaufsichtigten, Dienstmädchen, Babysitter. Ich atmete den nach Katzenpisse riechenden Duft der Buchsbaumhecken, ich starrte in die Luft und auf meine Schuhe. Warum hatte ich Carmen überfallen? Hatte ich sie umbringen oder hatte ich die Erinnerung an meine Frau, die mich verlassen hatte, umbringen wollen? Ich streckte die Beine aus und döste vor mich hin.

Es ging gegen Abend, die Straßen belebten sich, ich lief den großen Boulevard entlang, an einer Schreinerei vorbei, besah mir all die gestapelten Bretter verschiedener Länge und Farbe, sie füllten ein riesiges Lager unter einer altmodischen Eisenarchitektur mit Glasdach, ganz hinten befanden sich die Bürobaracken mit den Zahlschaltern. Die Gabelstapler waren nicht in Aktion, sie zeigten die langen eisernen Fangzähne. Ich roch den Holzgeruch und den anderen der Hobelspäne und des Sägemehls. Ich dachte an Wald und Baumschlag. Ich wollte jetzt nur noch verlorengehen in dem bunten Menschentreiben, ich wollte mich in den flutenden Menschenströmen waschen. Hatte ich Carmen weh getan?

Hinter Clichy stieß ich auf ein Zirkuszelt. Es war gerade Pause. Ich zahlte dem livrierten Mann am Eingang die Eintrittskarte und setzte mich auf einen Sitz auf halber Höhe der hölzernen Ränge. Es dröhnte Lautsprechermusik in dem Zelt, die Empore für die Musiker war leer. Ein Clown alberte herum. Der Pausenclown. Ich beobachtete zwei Eis lutschende halbwüchsige Mädchen in einer unteren Reihe, sie zeigten nichts von Erwartung, eher trugen sie Desinteresse und Schmollen zur Schau. Dann ging es los und gleich mit Raubtiernummern. Ein tropenweiß gekleideter Dompteur machte den Anfang, der an die zehn ausgewachsene Mähnenlöwen herumkommandierte, knuffte, herumzerrte, durch Feuerreifen springen, sich am Boden wälzen, in Paradeformation liegen, sitzen, schreiten hieß. Er ritt auch auf einem Löwen. Beim Abgang ließ er jeden einzelnen Löwen zwischen seinen Beinen durchkriechen oder über sich springen. Er ging mit ihnen wie mit dummen Hundchen und manchmal wie mit Kätzchen um. Und dabei ist er allein in der *Löwenhöhle*, dachte ich, mit seinem Mut mutterseelenallein.

Es gab Zwischennummern-Attraktionen mit unglaublich geschickten chinesischen Jongliererinnen, die sogar in das luftwirbelnde Geschehen der Nachbarin eingreifen konnten, sie nahmen, während sie selber mit all den Flaschen jonglierten, der Nachbarin die durch die Luft tanzenden Flaschen gewissermaßen aus der Hand. Auch der Clown war nicht schlecht.

Danach gab es eine Eisbärennummer mit einer tschechischen Dompteuse in hohen Stiefeln. Hatten die Eisbären nicht bei aller Bärenhaftigkeit auch Ähnlichkeit mit Pinguinen und Bibern? Hatten sie nicht eine vergleichbare hydrodynamische Schnauze und Schlüpfrigkeit? Dabei sind sie, wenn sie stehen, größer als Löwen. Die Dompteuse konnte sie in den Leib boxen, herumzerren, am Kopf kraulen, von Mund zu Mund füttern und natürlich Männchen machen, tanzen lassen. Wenn die gebieterische zierliche Tierbändigerin inmitten der riesigen Bestien verschwand, schien sie zu einer Eisprinzessin zu werden. Gleich würde sie den Gefrierpunkt erreicht haben und brechen. Die angekündigte Trapeznummer mochte ich mir nicht ansehen, ich wollte nicht mit ansehen, wie die Akrobaten am Boden zerschellten. Ich erhob mich.

Wieder auf der Straße, wollte mir die in einem aus Säcken gefertigten Kleid und in lumpenumwickelten Füßen daherschreitende zeltförmige Clochardin erst auch wie eine Zirkusnummer vorkommen.

Gab es eigentlich Löwenfellpelzmäntel und Eisbärfellpelzjacken? Und wenn nicht, warum nicht? Sollte ich den Kürschner gleich neben dem Tantenhaus danach fragen?

Zu Hause zerrte ich die gestapelten Tantenpelze in den Flur. Ich wollte sie endlich loswerden, aber wie? Der Concierge konnte ich sie nicht übergeben. Sollte ich sie dem Kürschner anbieten? Wie, wenn der Kürschner mich für einen Dieb oder Hehler hielt und die Polizei verständigte? Wie konnte ich mich als den Besitzer der Pelze ausweisen? Die Erbschaftsangelegenheiten waren ja noch immer nicht geklärt, ein Inventar der Hinterlassenschaft existierte nicht. Wo hatte ich im übrigen den Schmuck und die Krokodillederhandtasche, die mir von der Polizei gegen eine Unterschrift ausgehändigt worden waren, hingelegt? Mutlos trug ich die Pelze wieder an ihren alten Platz zurück.

Ich lief zu Ghislaine in den Laden für Bürobedarf, erkundigte mich nach ihrem Ergehen und sagte:

Gesetzt den Fall, es befänden sich Wertsachen in der nach dem Hinscheiden Ihrer Freundin leerstehenden und zur Zeit von mir benutzten Wohnung, die Sie ja kennen, vermutlich von früher und nicht erst nach Ihrem neulichen Besuch kennen müssen, würden Sie meinen, ich könne die besagten Gegenstände veräußern?

Ich habe mich schon gewundert, was Sie die ganze Zeit treiben, Sie haben sich des längern nicht sehen lassen, mein Freund. Ich dachte schon, Sie seien verreist. Wie geht es denn so?

Ach, ich versuche halt Fuß zu fassen in den neuen Umständen, unter anderem versuche ich mich ein bißchen einzurichten in der kleinen Wohnung, nur ist da so viel Kram, und ich weiß nicht, was ich damit anfangen soll. Glauben Sie, ich kann den Kleinkram, zum Beispiel die Kleider weg- und so für meine eigenen Effekten Platz schaffen? Ich frage, weil die Erbschaftsangelegenheiten ja immer noch nicht abgeschlossen sind. Sind Kleider, sind etwa die Pelze als Wertsachen zu betrachten? Habe ich mich, solange das Verfahren schwebt, als Hüter oder als Erbe der Hinterlassenschaft zu betrachten? Oder gelten als Hinterlassenschaft von Bedeutung einzig Konten, Aktien und Immobilien? Diese Werte sind vermutlich irgendwo registriert und insofern unantastbar. Was aber ist mit der beweglichen Habe, über die ich in der engen Wohnung andauernd stolpere und die mich durch ihren enigmatischen Spurenwert beschwert? Wie schafft man Lebenspfänder aus der Welt? Ich habe Ihnen ja erzählt, daß ich von meiner Frau verlassen worden bin. Sie ist nicht mehr da, und ich könnte, würde ich Ihrem werten Ratschlag folgen, einen Strich darunter ziehen wie unter ein geschlossenes Konto, jedoch ist sie auf andere Weise nach wie vor da, nämlich in meinen Kopf, wenn nicht in meinem Herzen, auch in meinem Körper ist sie da, ich frage Sie, wie man mit solchen Hinterlassenschaften umgehen soll. Ich hoffe natürlich auf Vergessen und Verebben, das heißt, auf Auslöschung in meinem Geiste. Was nun die Hinterlassenschaft in der Wohnung betrifft, so mag ich nie richtig hinlangen, weil die Dinge noch nicht richtig kalt sind. Hinlangen wäre wie Morden. Was ich fragen möchte: Wäre Ihnen mit dem einen oder anderen Pelz gedient, liebe Ghislaine? Und könnten Sie mir im übrigen gelegentlich feststellen helfen, welcher Art die in der Wohnung zurückgebliebenen Pelze sind? Es geht mir nicht darum, ob sie echt sind, das scheint außer Zweifel; auch nicht um deren Wert geht es mir, sondern von welchen Tieren sie stammen, ich kenne mich da nicht aus. Ich habe mir unlängst im Zirkus die Raubtiernummern angeschaut und mich dabei gefragt, ob es auch Löwen- und Eisbärfellmäntel gebe. Wolfspelzmäntel habe ich schon gesehen, die gibt es. Die Zirkuswelt liegt mir darum nahe, weil meine Vorfahren Zirkusleute waren, Luftakrobaten, genauer gesagt. Mit Raubtieren hatten sie nichts zu tun. Könnte ich doch die verflixten Pelze dem Rinnstein überlassen und meine Felle davonschwimmen lassen. Ich möchte den Krempel, der die Wohnung verstopft, liebend gerne loswerden, doch wage ich einfach nicht hinzufassen, man kann ja nicht wissen, was das Anfassen auslösen würde. Neulich bin ich nachts von einem aus unerklärlichen Gründen zu Boden gefallenen Gegenstand aufgewacht – gespenstisch.

Was die Kleider Ihrer Tante angeht, so brauchen Sie sich weiter keine Sorgen zu machen, cher ami, es gibt genügend Hilfsorganisationen, die dafür Verwendung finden, ich will Ihnen die Adressen gerne verschaffen. Die Pelze kann ich mir ja gelegentlich ansehen. Sind Sie nicht etwas zu zimperlich? Sie haben die Neigung, alles zu verproblematisieren, ist mein Eindruck. Auch scheinen Sie mir etwas nervös, ich könnte auch sagen: überspannt. Wie immer, ich würde Sie gerne zu mir zum Essen einladen. Sagen Sie mir, wann es Ihnen paßt.

Zimperlich? Überspannt? Ich würde es nicht so nennen. Ich habe es nur immer eilig. Im Grunde bin ich ungeduldig, wenn ich auch nicht weiß, was mich antreibt. Ihre Einladung nehme ich mit Vergnügen an. Jederzeit, Ghislaine, vielen Dank.

Ghislaine wohnte im 13. Bezirk in einer für eine alleinstehende Person geräumigen, geschmackvoll eingerichteten Wohnung. Sie hatte sich schön gemacht und trug perpendikelförmige Ohrringe, die gelegentlich aufblitzten. Auf dem Eßtisch brannten auf schönen alten Kerzenständern hohe Wachskerzen. Wozu die Festlichkeit, es war ja nicht Weihnachten? Wollte sie mich handzahm machen? oder bezirzen? Es gab Lammschulter und Bohnen zum Hauptgang und einen alten Bordeaux. Und Vivaldi als diskrete Hintergrundmusik.

Wir saßen uns betreten gegenüber und aßen stillschweigend, bis der Wein seine Wirkung tat und anstelle der Barockmusik Schlager abgespielt wurden. Nur keinen Countrysong, murmelte ich und hob an, um Ghislaine die Szene mit dem amerikanischen Motorradpolizisten zu erzählen, als ich merkte, wie sich ihr Gesicht ärgerlich verzog. Sie mochte es nicht leiden, wenn ich meine Frau ins Spiel brachte. War sie eifersüchtig? Hatte sie es auf mich abgesehen? Ich hatte ihr bei Gott keinen Anlaß dazu geboten. Oder täuschte ich mich? Ich zog sie vom Stuhl hoch und nahm sie zum Tanzen in die Arme. Sie tanzte hingebungsvoll und schmolz dahin. Schmolz wie Schmalz, warum dachte ich an Schmalz, roch sie? Im Grunde kann ich sie nicht riechen, dachte ich, ich kann sie als Frau nicht riechen, wenn ich sie als Person auch schätze. Wenn sie sich mir nur nicht so an den Hals würfe. Im Vergleich zu ihr ist Carmen von einer wohltuenden Unaufdringlichkeit. Carmen hat nichts Klebriges, dachte ich und löste die an mir klebende Geschäftsfrau aus der tänzerischen Umklammerung. Ich führte sie mit dezenten Gebärden an ihren Platz zurück, brach die Wachskaskade vom Kerzenständer, schenkte Wein nach, lehnte mich zurück und machte ein glückliches Gesicht.

Es geht nichts übers Reisen, finden Sie nicht, liebe Ghislaine? Ich weiß, Sie wollen jetzt fragen, wie ich aufs Reisen komme. Sie können sich die Frage ersparen, ich werde sie nicht beantworten. Wir wollen es bei der offenen Frage bewenden lassen. Offene Fragen sind schöner als beantwortete oder beantwortbare, weil sie einen ins Sinnen bringen. Sinnen ist herrlich, Hintersinnen gefährlich. Ich werde mich jetzt auf den Weg machen, wenn Sie erlauben. Es war ein hinreißender Abend, ich bedanke mich.

Es war kurz vor ein Uhr, ich hatte Glück, das Gitter zur Metro war noch nicht geschlossen. Ich würde den letzten Zug erwischen. Auf dem Perron waren zwei obdachlose Gesellen, die sich auf einer Bank unterhielten, die einzigen Wartenden. Ich hielt Abstand zu ihnen, nicht zu viel, nicht so, daß es auffiel und nach Furcht aussehen könnte. Dennoch kam der der eine gleich auf mich zu und hielt mir die hohle Hand hin. Ich suchte nach Kleingeld, fand keines, mimte Bedauern und sagte, ich hätte leider nichts, worauf er nahe an mich herantrat und die Hand nach meiner Brusttasche ausstreckte. Ich stieß ihn lachend zurück, so als wäre es ein Spiel und sagte laut: Das reicht jetzt. Sein Kumpan rief von der Bank: Laß ihn. Er ließ von mir ab, blies mir seine Schnapsfahne ins Gesicht, machte die Gebärde des Halsabschneidens und furzte. Der Zug fuhr ein. Glück gehabt.

In der Fußballbar stieß ich anderntags auf Carmen. Lange nichts von dir gehört, sagte sie.

Die Dohle über dem Flipperkasten schnarrte.

Ich kann diesen Vogel nicht ausstehen. Er sieht nicht nur zerzaust aus, sondern sterbensreif. Sind Dohlen nicht Totenvögel?

Carmen ging nicht darauf ein. Sie erwähnte aber auch meinen nächtlichen Überfall mit keiner Silbe.

Wie laufen die Geschäfte? fragte sie hinterhältig. Ich meine: Was treibst du die ganze Zeit? Bist du dir eigentlich klar darüber, daß du mir bisher mit keinem einzigen Wort von deinem Tun und Lassen erzählt hast? Ich weiß so gut wie nichts von dir mit Ausnahme deiner Akrobatenvorfahren und deiner übertriebenen Eile. Ist denn so etwas normal? Zumal bei Leuten, die sich auf andere Weise immerhin nahe gekommen sind? Lebst du allein? Hast du einen Beruf?

Beruf? Nun, ich wäre neulich fast überfallen worden. Ich ging die langweilige Rue de Clignancourt hoch, es muß gegen zwei Uhr früh gewesen sein, die Gegend ausgestorben, keine Menschenseele weit und breit. Auf einmal stand da weiter oben eine Gruppe von Männern, es war kein Spuk, es müssen ihrer sechs gewesen sein, Afrikaner, schwarze Männer im Dunkel der Nacht. Sie wechselten das Trottoir, um mich auf meiner Straßenseite abzupassen. Einer trat auf mich zu: Haben Sie Feuer? Ich zückte das Feuerzeug, bitte sehr, und zündete ihm die Zigarette an. Jetzt geschieht's, dachte ich, jetzt schlagen sie dich zusammen. Und dabei mußte ich mir das Lachen verbeißen. Doch der Mann trat zurück, bedankte sich und ließ mich ziehen. Warum ließen die Wegelagerer mich passieren? Ich hatte Geld bei mir, eine Uhr. War ich ihnen keines Überfalls wert? Als ich nach Hause kam, hatte ich den Eindruck, die Möbel hätten sich in meiner Abwesenheit vermehrt. Ich konnte mich nicht mehr rühren. Früher konnten mir meine Unterkünfte nicht kahl genug sein, und nun hatte es mich gewissermaßen in ein vollgestopftes Möbellager verschlagen, in dem auch noch Pelze vermodern.

Wäre deiner Neugier geholfen, wenn ich gestehe, daß ich im Moment mit Fellen zu tun habe, nicht gerade als Hehler, aber immerhin. Es gibt eine erkleckliche Anzahl von Pelzmänteln und Pelzjacken in meiner Unterkunft, ich könnte sie dir ja vorführen, nur müßtest du dich zu diesem Anlaß zu mir nach Hause begeben.

Wir machten uns aus der Fußballbar auf und schlenderten in Richtung Tantenwohnung.

Hier also wohnst du? meinte Carmen. Die Wohnung sieht mir nicht gerade nach einem Junggesellenhaushalt aus.

Die Wohnung gehört einer, man könnte sagen, mir verwandtschaftlich nahestehenden Person. Manchmal nennt sie sich meine Tante. Sie ist zur Zeit nicht da. Ich bin hier untergeschlüpft. Was die Zukunft angeht, so bin ich am Überlegen. So habe ich kürzlich an einer Akrobatennummer herumgedacht, bei welcher der Abspringende nicht aufgefangen wird, aber auch nicht abstürzt. Er würde ganz einfach in der Luft verschwinden.

Er müßte verschwinden, sagte ich mit Nachdruck.

In Carmens Augen traten Tränen. Sie nahm meinen Kopf in ihre Hände und begann mein Gesicht abzutasten, die Augen, die Stirn, die Wangenknochen, den Mund, die Lippen. Sie preßte meinen Kopf an sich und begann mein Haar zu streicheln. Ich hörte, wie sie weinte. Armer Junge, flüsterte sie.

Wie geht es übrigens Domingo? murmelte ich, um abzulenken. Sie gab keine Antwort. So überließ ich mich ihr, bis das Schluchzen nachließ.

Schon gut, Carmen, mach dir keine Sorgen. Ich nahm sie meinerseits in die Arme.

Es gab hier einmal einen Blinden, einen blinden Nachbarn, mein Liebes, ich mochte seine besonnene Stimme. Manchmal sehne ich mich nach der Blindenstimme. Sie tönte wie Gottes unerforschliches Wort aus dem Weltall ... Gehen wir essen. Die Pelze führe ich dir ein andermal vor.

Warum ist mir die Liebe nie bekommen? Ich sagte es tonlos, zu mir, so daß sie es nicht verstehen konnte.

Was sagst du, meinte sie, immer noch unter Tränen.

Nichts, nichts Wichtiges. Laß uns gehen.

Ich dachte an eine Unbekannte, die mich in einer abgedunkelten Bar ohne Umstände an der Hand genommen hatte. Nur »Wo gehen wir hin?« hatte sie in gebrochenem Deutsch mit slawischem Akzent geflüstert. Ich hatte sie in ein Hotel geführt, und bei der Trennung hatte sie meine Züge abgetastet wie mit Blindenfingern, so als wollte sie sich jede Einzelheit für alle Zeit einprägen. Wochen später hatte ich eine Karte erhalten. Sie habe nichts von sich hören lassen, weil sie verhaftet und ins Gefängnis gesteckt worden sei. Sie sei eben entlassen, jedoch des Landes verwiesen worden. Sie möchte sich für die Unhöflichkeit ihres Schweigens entschuldigen. Ich hatte nie wieder von ihr gehört.

Habe ich dir neulich nachts weh getan, Liebes?

Wir gingen in ein Restaurant, das sich *A La Bonne Table* nannte, ich hatte es unlängst an der Rue Séveste entdeckt. Es war brechend voll von Essenden, Schmatzenden, die sich alle zu kennen schienen. Immerzu flogen Bemerkungen und Frotzeleien über die Tische hinweg. Auch der kleine Hund, der überall betteln ging und manchmal Männchen machen mußte, wenn einer der Gäste ihm einen besonderen Leckerbissen verabreichte, schien allen bekannt. Vielleicht gehörte er zum Hause.

Kaum hatten wir Platz genommen, wurde uns ein wahrer Turm von Behältern aus Steingut auf den

Tisch gestellt, in welchen sich die Vorspeisen häuften, Wurstwaren, Salate, Fisch, Pasteten, Eierspeisen; auch der Wein und der überquellende Brotkorb wurden unaufgefordert gebracht. An den Wänden entlang lief ein Fries von farbkräftigen Malereien mit Cabaretszenen, Reminiszenzen an versunkene Montmartretage. Die *Bonne Table* war nicht einfach ein Verköstigungslokal, sondern der denkbar saftigste Anschauungsunterricht französischer Tafelfreuden. Nach den Vorspeisen folgten die Hauptspeisen mit Fleisch und Gemüse, danach die Käseplatten, Kuchen und Früchte. Die Wirtin überwachte ihre der Völlerei hingegebenen Kinder aufmerksamen Auges, und hinter der Theke waltete der Wirt und kümmerte sich um die Verdauungsschnäpse.

Bist du verrückt, uns hierher zu bringen? fauchte Carmen, hier muß man ja brüllen, um sein eigenes Wort zu verstehen. Und willst du mich umbringen? fügte sie mit einem angewiderten Blick auf das kulinarische Angebot hinzu. Ich habe überhaupt keinen Hunger, und hätte ich welchen gehabt, hier wäre er mir gleich vergangen.

Umbringen?

Jetzt sprichst du wie die Dame, die sich meine Tante nennt. Sie muß auch immer an mir herumkritteln. Kannst du mich nicht in Frieden, ich meine, leben lassen, so wie es sich halt ergibt? Ich gebe zu, daß wir uns hier nicht in einer Flüsterkneipe befinden und schon gar nicht im Beichtstuhl. Im übrigen möchte ich betonen, daß ich mit Ausnahme deines Namens auch nicht viel mehr von dir weiß als du von mir. Soll man denn immer alles voneinander wissen? Wissen ist hemmend. Wüßten die Akrobaten mit unumstößlicher Sicherheit, daß sie nach dem Absprung aufgefangen würden, bräuchten sie sich nicht ins Leere zu stürzen. Es wäre kein Risiko dabei. Vielleicht blitzt im Sturzflug eine Art Wissen durch ihren Kopf. Ansonst wissen sie allerhöchstens über die Funktionstüchtigkeit ihres Körpers Bescheid. Luftakrobaten sind seltsame Vögel. Im Vergleich zu ihnen sind die wirklichen Vögel pure Realisten, wenn sie auch wie Komiker erscheinen mögen. Ist es nicht urkomisch anzusehen, wenn man in der Dämmerung einen einsamen Vogel mit schweren Schwingen schnurgerade und zielbewußt durch den Himmel flattern sieht, als hätte er vor Einbruch der Nacht eine wichtige Verabredung einzuhalten oder ein Telegramm zu überbringen? Du schaust so mürrisch. Langweile ich dich, Carmen?

Manchmal komme ich mir wie nach einer gelungenen, jedoch nicht verkrafteten Operation vor.

Operation? hörte ich später die sogenannte Tante höhnen. Du solltest allmählich mit dem ewigen Flunkern aufhören. Du bist ganz einfach zu alt dafür. Ist es der Verlust deiner Frau, was du nicht verkraften kannst? Die meisten Ehen zerbrechen, warum hätte ausgerechnet deine halten sollen? Mit dem Sex allein ist es nicht getan. Ein Paar sollte ein gemeinsames Projekt haben, sei es ein Familien- oder ein Geschäftsprojekt. Von Luft und Liebe läßt sich bekanntlich nicht leben. Was hätte sie dir schon groß angetan, die deine?

Angetan? erwiderte ich. Sie hat mir das Herz entrissen. Es schlägt zwar, doch bloß wie ein eingesetztes, ein mechanisches Herz. Es schlägt, er pumpt, der Muskel, doch kann ich nichts fühlen. Und mit dem entrissenen Herzen sind die Erinnerungen, die Zugehörigkeiten, die Affekte verschwunden. Es ist das Fehlen von Zugehörigkeit, was mich peinigt. Wären wir Liebenden doch Akrobaten gewesen, eines an den Händen des andern nach jedem Todessprung. Nur das: im leeren Raum ineinanderstürzen. Wäre es möglich, daß wir uns bei einem Absprung verfehlten? Wann geschah das Verfehlen? Was war der Fehler?

In dem verglasten Raum in der Toskana stürzten wir unaufhörlich ineinander, auch wenn wir uns nicht in den Armen lagen. Ich saß am Tisch, die Geliebte lag vor dem Kamin. Ich spürte, sie trug mir ihre Vibrationen zu. Es gab kein Auslassen, kein Nachlassen. Wie war ich von Liebe gehalten. Jetzt wäre ich ganz drin in dem Ding, dem Ganzen, Schönen, Bezaubernden, Stillenden; von Liebe umfangen; hatte ich ungläubig gedacht. Und dann träumte mir, daß ich einer riesigen Spinne wegen aufschrie. Sie kroch mit diesen abgehackten Spinnenbeinen die Wand hoch. Als ich näher hinsah, bemerkte ich, daß der Spinnenleib ein Menschenleib war: Es war ein Engländer mit Helm und Gamaschen, der da mit stakligen Spinnenbeinen die Wand hochkroch, und ich habe ihn mit dem Knauf eines Stocks totgeschlagen, obwohl der Engländer mir zulächelte. Ich weinte.

Liebe ich das Rauschen des Wassers im Rinnstein, weil ich hoffe, der Forelle ansichtig zu werden? Als ich die Menschenspinne totschlug, hatte ich aufgeschrien. Doch kann ich mich erinnern, daß ich danach die Geliebte mit den Worten »erkenne mich« angeschrien hatte. Erkenne mich!

Habe ich Ihnen meinen jüngsten Traum erwähnt? Madame, nahm ich das Gespräch mit der »Tante« wieder auf.

Ich stand neben meiner Frau am Fenster mit Blick auf das Meer und die Klippen. Wir schauten einem großen vollbesetzten Wagen zu, der die steilen Klippen hinunterfuhr in einem Neigungswinkel, der nur Unheil versprechen konnte. Entsetzt sahen wir der mörderischen Fahrt zu, und wirklich stürzte der schwere Wagen kopfüber ins Meer. Wir standen am Fenster, unfreiwillige Zeugen der Katastrophe. Nur daß da unten auf dem Meeresgrund – das Wasser war glasklar – die Passagiere unbehelligt ausstiegen und dahinzuschlendern begannen. Und nun gewahrten wir, daß der Meeresgrund, so weit wir sahen, von spazierenden Müßiggängern bevölkert war, die Leute ergingen sich in alle Richtungen, sie kreuzten einander und grüßten sich. Wäre es nicht unter Wasser gewesen, es hätte ein holländisches Sonntagsbild sein können, Madame.

Du mit deinen Träumen, gab sie zur Antwort. Statt zu träumen und wild daherzureden, solltest du dich mit etwas beschäftigen, mein Kleiner. Hast du denn nichts zu tun? Wenn du dir doch das Flunkern verkneifen und statt dessen etwas unternehmen wolltest.

Ich schwieg. Ich konnte ihr ja nicht klarmachen, daß ich nicht aus Schwatzsucht redete. Ich muß mich herausreden.

Als Carmen Tage später zu einem Überraschungsbesuch vorbeikam, war ich schockiert. Was führte sie im Schilde? Wollte sie spionieren? Es war das erste Mal, daß es an meiner Tür klingelte.

Ich dachte, ich könnte mir ja die Pelze ansehen, zumal ich in der Nähe zu tun hatte, sagte sie. Du hast doch nichts dagegen? Das letzte Mal war ich verstimmt und darum kurzangebunden. Das Restaurant war nun wirklich nicht mein Fall.

Ich griff nach dem Pelzstapel im Flur.

Eine wahre Pelzsammlung, meinte sie. Sie legte sich eine Pelzjacke über die Schulter. Hast du einen Spiegel?

Ich führte sie vor den großen goldgerahmten Spiegel über dem Cheminée. Ich legte ihr den Fuchs mit dem ausgestopften Kopf um den Hals.

Den kannst du gleich mitnehmen.

Das würde der Wohnungsinhaberin wohl kaum gefallen, erwiderte sie tückisch. Es gibt sie doch – oder etwa nicht? Man kann bei dir nie wissen, woran man ist. Dein Benehmen ist – verwirrend, gelinde gesagt. Unberechenbar wäre besser. Wie beispielsweise neulich nacht. Ob du mir weh getan hast, wolltest du wissen. Weh getan nicht. Du hast mich einfach überfallen, mein Freund. Ich kenne mich bei dir wirklich nicht aus. Dabei hätte ich auch so mit dir geschlafen. Es wäre ja nicht das erste Mal gewesen. Was ist nur mit dir los?

Sie sah sich in der Wohnung um. In der Küche lachte sie auf. So was von schmutzig, es ist nicht zu glauben. Wie kannst du es nur in einem solchen Dreck aushalten?

Sie faßte den schmutzstarrenden Herd ins Auge und sah sich nach einem Lappen und Reinigungsmittel um.

Nein, bitte nicht, Carmen, fuhr ich sie an. Ich möchte nicht, daß du eingreifst. Eingreifen wäre wie einbrechen. Ich möchte nichts verändern, bis die Sachlage abgeklärt ist. Wenn es erst so weit ist, werde ich mich einrichten oder ausziehen, je nachdem, und selbstverständlich saubermachen.

Jetzt sprichst du wieder in Rätseln. Du wohnst doch hier?

Ich gab keine Antwort.

Wie du willst. Ich will mich nicht aufdrängen. Sie schickte sich an aufzubrechen.

Wenn du mich brauchst, laß es mich wissen, fügte sie hinzu. Ich öffnete die Tür.

Nur keine ménage à deux, nur das nicht. Nur keine Einmischung, nur keinen Streit, murmelte ich aufatmend. Ich lief die Treppe hinunter und pochte an die Tür der Conciergeloge. Ich wünsche keine Besuche, Madame, sagte ich zu der Frau mit der ungesund roten Gesichtfarbe und dem Glimmstengel im Mundwinkel. Sollte jemand nach mir fragen, wollen Sie in Zukunft bitte die Güte haben, die Besucher abzuwimmeln. Sagen Sie, ich sei nicht da. Ich bin für niemanden zu sprechen.

Ich habe in der Tantenwohnung nichts verloren, ich habe da nichts zu suchen, und so soll es bleiben, murmelte ich auf der Straße. Wie kann Carmen nur so aufdringlich sein, in einer ihr wildfremden Wohnung gleich Hand anlegen zu wollen.

Einige Häuser weiter stand ein Ambulanzwagen mit rotierendem Blaulicht und hinten offenen Türen. Eben traten die Sanitäter aus dem Haus und schoben die vermummte Bahre hinten hinein. Von dem Kranken war nur das Gesicht zu sehen, ein ausgemergeltes Gesicht mit gelblicher Haut und eingefallenen Augen. Die Zuschauer auf dem Trottoir bewahrten Schweigen, bis der Wagen anfuhr. Was war das Schweigen? Bestimmt nicht Mitleid. Der Kitzel des Schauders? Und sie *leben*. Hol sie alle der Teufel.

Bestimmt hätte es der Tante mißfallen, wenn sich eine Wildfremde in ihrer Wohnung zu schaffen machte. Sie scheint auch auf so einer Bahre ins Spital eingeliefert worden zu sein, bei Sinnen, wie es hieß, ansprechbar. Ob sie mit dem Schlimmsten gerechnet hatte? Wohl kaum, sonst hätte sie Vorkehrungen getroffen.

Ich mußte an den Mann denken, der alle Vorkehrungen getroffen hatte, bevor er sich zum Sterben ins Spital begab. Es war in einem Ferienhaus im Tessin, ich schaute mich in der Bibliothek um, Schreibtisch, Lehnsessel, Sofa, Bücherwände, ich würde ja nun einige Zeit in dem Haus verbringen. Die Hausverwalterin meinte, die blitzblanke Ordnung sei gewissermaßen eine Ordnung letzter Hand. Der Hausbesitzer habe in ebendiesem Raum eine Nacht lang nicht nur aufgeräumt, sondern alles Schriftliche in Ordnung gebracht, manches weggeworfen, anderes vernichtet und sogar verbrannt, und am folgenden Morgen habe er mit einem Köfferchen, das nur das Unentbehrliche enthielt, den Weg ins Spital eingeschlagen im vollen Bewußtsein des seiner harrenden Todes. Das Wort »Ordnung letzter Hand« hatte mich schaudern gemacht; ob ein Haus mit einem solchen Arbeitsraum der passende Ort für mich sei, hatte ich überlegt.

Ob ich Carmen vom Ableben der Tante erzählen sollte? Wozu eigentlich? Wußte ich denn, was mir die Zukunft bescherte? Hatte ich Carmen beleidigt, indem ich sie gehen ließ? Sie hatte es mit dem Vorschlag sauberzumachen ja nicht schlecht gemeint. Natürlich müßte ich saubermachen. Mochte ich nicht saubermachen, weil ich die Wohnung als Tantenwohnung belassen wollte? Konnte ich sie nicht als Tantenwohnung betrachten und trotzdem ein bißchen saubermachen? Das Bett machte ich ja auch, wenigstens ab und zu. Ich kam zu keinem Ergebnis, wenigstens vorläufig nicht. Wußte man denn, was einem die Zukunft bescherte? Fürchtete ich, die Wohnung mit dem Saubermachen zu *meiner* Wohnung zu machen? Wäre dann die Tante nicht mehr »da« und ich allein? Bestimmt würde ich dann nicht mehr behaupten können, ich habe da *nichts zu suchen.*

Ich machte kehrt und blieb vor dem Werkzeugladen gegenüber dem Tantenhaus stehen und sah mir die Eisenwaren an. Im Schaufenster entdeckte ich unter Haufen undefinierbarer Geräte einen Satz englischer Schlüssel, der kleinste war daumengroß, der größte von normalem handlichen Format; die übrigen fügten sich nach dem Orgelpfeifenprinzip zu einer ansehnlichen Werkzeugfamilie. Die Schlüssel mußten mindestens das Alter von Großvätern haben, als vieles Mechanische noch von Hand gemacht wurde. Sie hatten einen leicht bauchigen Griff und oben den gespaltenen Zangenkopf, der sich durch ein in der Griffmitte sichtbares Schraubengewinde aufdrehen ließ.

Ich trat in den Laden und wartete auf das Erscheinen der alten Frau, die ich am Tag meiner Ankunft in den Schlünden des Geschäfts mehr erraten als wirklich gesehen hatte. Beim Öffnen der Tür hatte es geklingelt, ich wartete, mit Blick auf die ausgestellten Beißzangenschlüssel, auf ihr Erscheinen; und sagte, ich würde mir den Schlüsselsatz im Schaufenster gerne näher ansehen, wenn sie nichts dagegen habe. Ich nahm den kleinsten, den Däumling, in die Hand und begann am Gewinde zu drehen, und mit dem Drehen ging das Zangenmaul auf, der Winzling sperrte das Maul auf, bis das offene Maul fast die Größe des Griffs hatte und eine überdimensionierte Komik annahm. Nie zuvor hatte ich einen so winzigen Angeber und Maulhelden gesehen. Ich beschloß, die Familie der Großmäuler zu erstehen und erkundigte mich nach dem Preis. Die alte Inhaberin nannte einen lächerlich geringen Betrag. Im Grunde verkaufe sie nicht mehr, das Geschäft sei nicht mehr wirklich im Betrieb, zumal seit dem Tod des Vaters eine die Kundschaft abschreckende Überalterung nicht nur der Waren stattgefunden habe.

Zu Hause legte ich die Familie der Großmäuler auf dem Sims des Cheminées unter dem goldgerahmten Spiegel aus. Da lagen sie nun, die gußeisernen Gesellen mit ihren zurzeit zusammengebissenen Mäulern. Sie hatten da nichts zu suchen.

Ich trat ans Fenster und starrte in den Hinterhof mit den paar Kübelpflanzen und den eisernen Zäunen, die den Auslauf der verschiedenen Häuser abzirkelten. Aus den Fenstern tönten vorabendliche Geräusche, auch Stimmen. Hinter den Fenstern war niemand zu sehen.

Ich dachte an all die Fenster in der Straße, in der Welt, an all die finsteren Fensterscheiben, die Räume dahinter und die Bewohner in den Räumen, die gesunden und kranken, auch Leberkranken. Aber wo waren die Landschaften hingekommen? War alles verriegelt und versiegelt und versperrt? Ich trat vom Fenster zurück und überlegte, was die Leute hinter den Fenstern zu dieser Stunde taten und dachten, je nach der Uhrzeit auf der finsteren oder hellen Seite des Globus. Was könnte *ich* tun?

Das Schlafgemach mit dem Tantenbett und dem leicht bauchigen Schrank lag bereits im Halbdunkel. Die Mattscheibe des Fernsehgeräts war auch dunkel. Natürlich redeten die meisten jetzt miteinander hinter den vielen Fenstern oder sie lachten und stritten sich. Oder sie trafen Essensvorbereitungen. Oder sie schauten fern. Oder lasen die Zeitung. Oder schliefen. Oder steckten sich Ohropax in die Ohren. Ich dachte an Ohropax, weil ich jetzt unter keinen Umständen anhören wollte, was die »Tante« mir womöglich zu sagen beliebte. Kann man denn nie seine Ruhe haben? Kann man denn nie auch nur einen Augenblick seine Ruhe haben?

Der Concierge hatte ich mitgeteilt, daß ich für niemanden zu sprechen sei. Wollte ich meine Ruhe haben? Und wenn das Telefon schellte? Ich würde nicht an den Apparat gehen. Und wenn Ghislaine anriefe? Oder Carmen? Ich beschloß, zu Ghislaine zu laufen und ihr zu sagen, sie möge fortan von nächtlichen Anrufen bitte absehen. Hatte sie überhaupt angerufen? Hatte sie in meiner Abwesenheit angerufen? Es hätte ja sein können, die Nummer kannte sie ja von früher her.

Ich steckte den kleinsten der Maulhelden, den Däumling, ein und verließ die Wohnung. Als ich vor Ghislaines Laden für Bürobedarf eintraf, war sie eben im Begriff aufzubrechen.

So ein Zufall, sagte sie. Eben habe ich an Sie gedacht, in ebendem Moment, und schon stehen Sie da in Lebensgröße. Man möchte an Telepathie glauben. Wie geht es denn so?

Sie hätten mir keine schwierigere Frage stellen können, Ghislaine, antwortete ich, und zwar darum, weil man es nicht wissen kann. Man kann möglicherweise wissen, wie es einem am Vortag oder in letzter Zeit ergangen ist; ob man Pech hatte oder Erfolg und ob man krank war oder nicht. Wie es einem im Moment geht, wird sich erst später herausstellen. Weiß man denn, was einem die Zukunft beschert? Ich stelle mir selten die Frage, wie es mir geht, weil alles im Fluß ist. Beim Herkommen habe ich mir überlegt, was man in der Wohnung hört, wenn man das Ohr auf die Umgebung einstellt. Ich muß gestehen, daß ich eigentlich nur die Geräusche von Spülungen ausmachen konnte, Stimmen oder gar Gespräche keine. Auch keine Detonationen. Das was sich ereignet, geschieht leise, wenn nicht unhörbar, es ist beinahe unmöglich, dahinterkommen zu wollen. Etwas anderes ist es, wenn das Telefon klingelt. Sie haben doch kürzlich nicht angerufen? Ich wollte Sie eigentlich bitten, von Anrufen, besonders nächtlichen, absehen zu wollen. Anrufe sind Überfälle. So bin ich neulich nicht wenig erschrocken, als es an der Tür schellte. Es handelte sich um einen Überraschungsbesuch. Ich war darauf nicht vorbereitet und habe mich vermutlich nicht eben höflich benommen, besonders als die Dame, es handelt sich um eine Zufallsbekanntschaft, den Vorschlag machte, bei mir sauberzumachen. Finden Sie den Vorschlag nicht etwas aufdringlich? Ist Sauberkeit nicht Geschmackssache? Kann man sich für die Sauberkeit des Nächsten verantwortlich fühlen wollen?

Sie kommen ins Philosophieren, mein Freund. Und ich muß mich leider aufmachen. Wie wäre es, wenn Sie mich morgen nach Geschäftsschluß abholen kämen? Wir könnten uns in einem Bistro über alles und jedes nach Lust und Laune unterhalten. Ja?

Ghislaine stieg in einen kleinen Wagen, einen Peugeot 202. Ich hatte nicht gewußt, daß sie Autofahrerin ist. *Es geht nichts übers Reisen*, liebe Ghislaine, finden Sie nicht auch? rief ich ihr nach.

Sie hatte also nicht angerufen. Oder gab vor, es nicht getan zu haben. Einerlei. Auf jeden Fall wußte sie jetzt Bescheid. Und nun schien es mir von größter

Dringlichkeit, auf das Problem der Hausgeräusche zurückzukommen. Natürlich hatte ich nicht nur Spülungen gehört. Es war mit dem Ohr wie mit der Lupe. Wenn man das Gehör schärfer einstellte, würde man sogar den Holzwurm in der Kommode hören können. Nur wäre das nicht wünschenswert; die Überfülle von Lautmeldungen wäre weiß Gott keine Bereicherung, eher eine Störung, dozierte ich. Darum selektioniert das Ohr ja den Geräuscheinfall wohl auch nach Bekömmlichkeitskriterien, Erträglichkeitsgrenzen, dachte ich undsoweiter undsoweiter, denn das Denken war ja noch nie meine Stärke gewesen, wenn schon, dann eher das Sehen, vor allem aber das Laufen, Davonlaufen. O ja, das Laufen war seinerzeit für mich wie eine Droge gewesen. Und sonst? Was hätten die Akrobatenvorfahren mir sonst noch an gymnastischen Neigungen vermacht oder genetisch zugeschmuggelt? Nun, das Klettern am Seil oder an der Stange natürlich. War ich als Schüler denn nicht der schnellste Kletterer gewesen, der reine Blitz? Obwohl alles andere als schwindelfrei, machte es mir Spaß, mich am Seil oder an der Stange emporzuschnellen, auf eine Weise, daß ich nach dem Hochgreifen der Hände mit den Füßen nachstieß, bis ich eine leibliche Kugel wurde und mich mittels Klemmen der Füße immer von neuem hochstieß, als gälte es, nach den Wolken zu greifen. Ich stieß mich ab, krümmte mich zusammen, riß mich hoch und dies immer schneller, bis ich ganz oben war.

Ich war auch ein vorzüglicher Läufer, o ja o ja oho, summte ich beim Heimlaufen. Ich sage immer *Laufen* zu mir, nie Gehen oder Spazieren oder Bummeln, sondern Laufen, ich war ein Läufer, sogar Meldeläufer war ich einmal gewesen, und zwar in der Armee. O ja o ja oho, summte ich, als wäre ich fröhlich und mit dem Gang der Dinge schmunzelnd zufrieden. *Es geht alles seinen Gang*, war auch so ein magischer Gedanke, man müßte ihn in Gold rahmen und in einer Kirche installieren und davor könnten sie knien, o ja o ja oho. War ich mit dem Gang der Dinge zufrieden? Darauf kam es überhaupt nicht an, es kommt darauf in keinster Weise an, liebe Ghislaine, sagte ich in Gedanken und hob in Gedanken auch gleich belehrend den Zeigefinger, damit sie auch richtig aufpasse.

Ich durchquerte eine dieser kleinen Anlagen, die sie hier Square nennen. Eine wunderbare, eine wahrhaft rührende Einrichtung, dachte ich beim Anblick der Bänke unter den Bäumen, dem Musikpavillon, den kriechenden Gebüschen mit dem scharfen Geruch, dem Spielplatz für die ganz Kleinen, den Halbwüchsigen, die halb hinter einem Busch verborgen zusammenstehen und etwas aushecken, und den Alten auf den Bänken, die einfach vor sich hinsahen, reglos und ohne die Blickrichtung zu ändern. Sie hatten ihre leibliche Hülle auf der Bank deponiert und würden sie nach einer gewissen Zeit verlassen, genau so verlassen, wie sie hergekommen waren. Und nun gehen sie nach Hause, wenn in ihrem Falle nicht das Wort »schlurfen« angebracht sein dürfte. Ich schaute zu den Fenstern der nächsten Häuserwand und stellte mir das Innere einer Alteleutewohnung vor.

Ich dachte nicht speziell an die Möblierung und weitere Ausstattung, ich dachte an die wandernden Dunkelheiten in solchen vor Stille und Ereignismangel geisterhaft gewordenen Räumen. Ich dachte an das überlebensgroße Horchloch, das manchmal die Gestalt eines Schemens oder besser *Numens* annehmen kann, o ja o ja oho, dachte ich und wußte überhaupt nicht, woher ich dieses Wissen nahm, wenn es denn ein Wissen war. Und schon wäre es wieder Abend und Essenszeit, z u m E s s e n, z u m E s s e n, hatten die Mütter in der Kindheit durch die offenen Fenster nach den auf der Straße spielenden Kindern suchend gerufen. Schreimund wie Hörloch oho, dachte ich. Sollte ich in die Fußballbar oder *A la Bonne Table* essen gehen, nun, da keine Carmen mich scharf beobachten, wenn nicht beaufsichtigen und bevormunden konnte? Ich optierte für die *Bonne Table*.

Es war leer. Oder nur spärlich besucht, es gab eine Menge leerer Tische. Ich setzte mich in der hinteren Hälfte des Lokals hin und schlug die Zeitung auf, bis der Wein und der Brotkorb gebracht und meine Bestellung entgegengenommen wurden. *Jetzt* hätte Carmen dabeisein müssen, ging es mir durch den Kopf, doch verwarf ich den Gedanken ebensobald, weil mir nicht nach intimen Unterhaltungen und schon gar nicht nach Geständnissen, sondern einzig nach Essen zumute war. Im Grunde kommt das freizügigste Denken, das planloseste, vagantenhafteste, beim Essen zustande, genauer gesagt beim Alleinessen. Man muß bis zum Sichlangweilen allein, doch voller Ablenkungsbedürftigkeit in einem öffentlichen Eßlokal sitzen, kauen und brüten, und schon drängen sich die unvermutetsten Gedanken wie unangemeldete Besucher an den Tisch, bis es zuviel wird.

Diesmal wollte ich nicht wahllos alle Besucher empfangen, sondern selektiv vorgehen und dann vielleicht einen kleinen Nachgedanken zum Dessert aufsparen.

Ich versetzte mich innerlich wieder in die geisterhafte Alteleutewohnung, die ja in Wirklichkeit eine Witwerwohnung war, und ich atmete den sowohl essigsauren wie dumpffaden, von abgestandener Luft und genereller gastrischer Aushöhlung herrührenden Geruch ein und stand da in Erwartung des *Numens*. Was war das Numen? So etwas wie der Geist aus der Flasche? Und so leben sie alle, dachte ich, nicht ohne Mitgefühl; und dennoch schien es mir auch wieder komisch, wenn ich sie mir vorstellte, wie sie leben, alle mit ihrem *Numen* in der Wohnung, ob sie es wissen oder nicht. O ja, auch das NUMEN könnte ich neben dem in Gold gestanzten Satz ES GEHT ALLES SEINEN GANG in der Kirche inthronisieren, nicht unbedingt Nôtre-Dame, aber warum eigentlich nicht Saint-Julien-le-Pauvre? Da gibt es ohnehin eine Menge Goldgrund. Im übrigen, dachte ich, während ich zum vierten Mal versuchte, ein Schnipsel Cornichon zusammen mit einer Gabelladung Pastete zum Munde zu führen, würde sich ein Satz wie ES GEHT ALLES SEINEN GANG auch als Kantate anbieten. Doch wünschte ich nicht, in dieser Richtung weiterzudenken, es würde uns vom Wege abbringen. Auch wieder so ein Satz, nein, lieber nicht, dachte ich und stellte mir Ghislaine vor, wie sie leibt und lebt, und zwar darum, weil ich ihr gerne zu verstehen gegeben hätte, sie solle sich nicht *Vom Wege abbringen lassen*. Leider kam genau an diesem Kreuzweg meines Denkens jetzt das Schnitzel an, ein großes lappiges, paniertes, mit viel Blattspinat und Pommes frites – wo sollte ich das ganze Zeug nur hintun? Besser, ich wäre statt in die *Bonne Table* doch in die Football Bar gegangen, nur daß ich dort durch die Totendohle, die singende Patronne oder Säge und Frau Dobermann vom Sinnen abgelenkt worden wäre. Natürlich meine ich die ganze Zeit Sinnen, nicht Denken, Sinnen ist herrlich, Denken gefährlich.

Und jetzt ging mir auf, daß ich weder in die *Bonne Table* noch in die Fußballbar, sondern in jene kleine Bar an der Rue Custine hätte gehen sollen, wo der junge Mann mit dem Pullover, der nicht wie ein Wirt, sondern wie ein weiterer Gast aussieht, hinter der Theke bediente. Und warum dahin? Weil es an der Zeit, wenn nicht überfällig war, daß ich den Countrysong, der dort in der Musiktruhe schlummerte, zum Leben und Hören erweckte. Hatte ich Lust auf Reisen? Amerika? Chevy Impala? Oder suchte ich das verlorene Gefühl wiederzuhaben? (Oder *sie*?) Könnte es sein, daß ich in der Wohnung der sogenannten Tante einzig aus dem Grunde »abgestiegen« wäre, um es – sie? – abzuwarten? Wartete ich auf die Fleischwerdung der FORELLE, was immer das heißen mochte?

An dieser Stelle verbat ich mir alles weitere Spekulieren, weil wir hier in die Vorhalle der Heiligkeit eintraten, Ruhe, wenn man bitten darf, Stille o ja o ja oho. War sie nicht ermordet worden? Wie bitte? War denn nicht die sogenannte Tante auch an ihrem Kur- und Ferienort auf mysteriöse Weise vom Leben zum Tode gekommen? Bis heute kennt man die genaue Todesursache nicht; und ungeachtet dessen ist sie in der Wohnung anwesend und manchmal nur zu sehr. »Mundstark« wäre der passende Ausdruck. Bei dem Wort »mundstark« kamen mir die Großmäuler oder Maulhelden wieder in den Sinn, instinktiv griff ich schnell in die Tasche, um sicher zu sein, daß er da war. Er war es, der Däumling war zur Stelle.

Wie konnte ich wissen, was mir die Zukunft bescherte – wie, wenn SIE erschiene, und zwar nicht im Traume, sondern mit Leib und Seele, würde ich sie wirklich wiederhaben wollen? Ich stellte fest, daß ich mir angewöhnt hatte, immer häufiger nach dem Däumling in der Tasche zu fassen, wenn ich nicht überhaupt mit der um den Däumling geschlossenen Faust im Sack herumlief.

Für die Bar an der Rue Custine war es viel zu spät, und Carmen in der Fußballbar in die Arme zu laufen, wünschte ich mir auch nicht, also nicht in die Fußballbar. Und überhaupt hatte ich ja auf meine Frage, ob ich sie, falls sie in der Wohnung mit den vielen Fellen erschiene, wiedersehen möchte, keine Antwort gefunden. Ja oder nein? Würde ich den Schock des Wiedersehens, der sich gleichzeitig als ein Schock des definitiven Verlustes herausstellen könnte, aushalten? Wäre sie also, sollte sie an der Tür zur Wohnung mit den Fellen oder Pelzen erscheinen (obwohl ich der Concierge aufgetragen hatte, niemanden zu mir vordringen zu lassen), mein plötzlicher Tod? Hatte ich sie nicht manchmal, wenn wir uns so nahe waren, daß ich nicht mehr wußte, wo sie begann und ich aufhörte, meinen süßen Tod geheißen? Warum hatten wir es nicht fertig gebracht, zusammen vom Trapez zu springen? War es, weil wir nicht wußten, ob es zu stürzen oder zu fliegen galt? Wohin wenn? Ich erkannte, daß an diesem Punkt eine Denktüre zufiel und ich draußen blieb. Auch gut. Ich verzichtete auf weitere Vorhaben und machte mich auf den Heimweg. Morgen ist auch ein Tag, murmelte ich, o ja, wobei mir bewußt war, daß ich einen solchen Satz nie und nimmer einrahmen und sanktionieren würde. Ich werde ihn Ghislaine schenken, o ja o ja oho. Zu Hause zog ich mich aus und stopfte mir, noch ehe ich den Pyjama überstreifte, Ohropax in die Ohren. Ich wollte weder den Holzwurm in der Kommode noch die Besserwisserei der »Tante« hören, ich wollte endlich *meine Ruhe haben.*

Als ich anderntags aufwachte, hatte ich ein Stück Fell um die Ohren: Mein Kopf ruhte auf einer über das Kissen gebreiteten Tantenpelzjacke. Wie kam ich im Schlafe zu dieser Kopfunterlage? Schlafwandelte ich neuerdings? Außer mir kam in den vier Wänden niemand in Frage – war der Griff nach dem Pelz ein Fehlgriff oder ein Omen? Hatte mein schlafender Bruder das Fell geholt, damit ich der *Forelle* nahe sein konnte, wenigstens im Traume? Bei diesem Gedanken durchfuhr mich ein Glücksstromschlag. Natürlich war das der Sinn meines Hierseins: Ich wartete auf die Forelle wie andere auf den Messias. Und wenn sie erscheinen und sich mir alsogleich wieder entziehen sollte, würde ich es wagen, ihr nachzu*springen*?

Jetzt schien es mir angeraten, den Tag mit einem Gang in die Bar mit dem Pulloverwirt, mit einem Pilgergang an den Ort des Verlorenen Gefühls zu beginnen. Bei dieser Gelegenheit könnte ich bei den Brüdern im Waschsalon die schmutzige Wäsche deponieren, o ja.

Bitte die Hemden gebügelt, sagte ich beim Eintreten gleich apodiktisch, weil ich mich um alles nicht auf ein Gespräch übers Reisen einlassen wollte. Ich wußte ja bereits, daß einfach nichts übers Reisen geht. Ich war schon in der Türe, als mir das kleine blaue Auto in Biloxi wieder einfiel. Sei's drum. Was ging mich das Leben der Brüder im Waschsalon an, Diskretion, wenn man bitten darf, oho. Trotzdem fragte ich mich auf der Rue Ramey, wie wohl ihr Männerhaushalt aussehe, überhaupt wo sie wohnten. Ob sie in einem dieser Türme mit Sozialwohnungen in der Banlieue lebten? Ich meinte so etwas von dem fetteren der Brüder, dem mit dem seifigen Lächeln, gehört zu haben. Jedenfalls fuhren sie im Wagen zur Arbeit und wieder zurück, nicht mit Vorstadtbahn und Metro. Bestimmt sahen sie am Abend fern, nicht allzulange, vermutete ich, nicht exzessiv. Exzessive Nächte oder was sie dafür halten mochten, hoben sie sich für den Urlaub auf, da war ich mir sicher. Gewiß hielt der hagere finsterliche der

Brüder auf annähernd spartanische Sitten, wenn der andere noch so maulen oder besser miaulen sollte. Der fettliche war sicher sentimental und ein Naschmaul, Halva? oder Schokoladiges? Mir egal, zischte ich, interessiert mich nicht, interessiert mich nicht ein Tüpfelchen, Ghislaine, lassen Sie es sich gesagt sein.

Der Pulloverwirt war da hinter der Theke. Warum ich immer auf dem Pullover herumhackte? Konnte er sich nicht kleiden, wie er wollte? Was hatte ich erwartet? einen Frack, Schwalbenschwanz? Ebensogut hätte ich von den Brüdern im Waschsalon einen weißen Arbeitskittel erwarten können, wenn möglich mit ebenfalls weißem Käppchen, aus Hygienegründen; wobei sie dann allerdings eher in eine Klinik als in einen Waschsalon gepaßt hätten. Im übrigen konnte ich sie mir gut als Ambulanzfahrer und Bahrenträger vorstellen, zänkische leider.

Was nun den Pulloverwirt anging, der hinter seiner randlosen Brille von der Theke auf die Straße starrte, so schien er mir eindeutig verdächtig. Wem wollte er vormachen, daß noch ganz viel anderes in ihm stecke als das Kaffeetassenhinballern und Gläsereinschenken und warum? Sollte er mich doch mit seinen Spielchen in Ruhe lassen. Ich suchte in der Musicbox nach dem Countrysong und steckte die Münze in den Schlitz. Doch wollte sich dieses Mal das verlorene Gefühl nicht einstellen, überhaupt kein Gefühl, wenn ich mich noch so sehr aufnahmebereit machte. Statt dessen kreisten meine Gedanken um das Problem des Lärmpegels. Konnte man Musik in Lärmeinheiten messen? Natürlich. Doch wo hörte der Lärm auf und fing die Musik an? Und warum starrte mich der brillentragende Pullovermensch so unverblümt an? Wollte er in meinen Gedanken lesen, oder wollte er mich provozieren?

Ich sagte ihm, mir schien, ich hätte ihn früher schon gesehen, wüßte aber im Moment nicht wo, ob er nicht an einem Bankschalter bedient habe? Oder in London in einem Wettbüro für Hunderennen? Greyhound, Sie wissen schon, fügte ich genießerisch und anzüglich hinzu. Irrtum, antwortete er, überdies hätte ich mich nicht in sein Privatleben einzumischen. Ich zahlte. In der Türe rief ich: Leben Sie wohl mit oder ohne Pullover, mit oder ohne Brille. Und wenn ich Ihnen einen Rat geben darf: Kleben Sie sich doch einen Schnurrbart an.

Wohin sollte ich »meine Schritte lenken«? dachte ich in Anführungszeichen. Der Tag ist noch jung Ausrufungszeichen. Konnte man um neun Uhr fünfundvierzig den Tag jung nennen? Der Tag hat genau vierundzwanzig Stunden, die Nacht eingerechnet. Er beginnt um Mitternacht, zieht sich mehr oder weniger unsichtbar, weil in Dunkel gehüllt bis zum Sonnenaufgang hin und gleitet, ohne viel von sich herzumachen, in die gebündelte Arbeitszeit der Angestellten und die morgendliche Öffnungszeit der Geschäfte. O ja. Ob er um dreiviertel zehn jung oder jugendlich zu nennen ist Komma ist Geschmackssache. Man kann seine Jugend allerdings auch am Lärmpegel erkennen. Im Moment wies der Lärmpegel an der Rue Custine allerhöchstens unter dem Mittelmaß liegende Werte auf, nicht einmal Durchschnittswerte. Ausrufungszeichen. Oder Gedankenstrich?

Wohin also mit meinen Schritten? Das verlorene und nicht wiedergefundene Gefühl endgültig abzuschreiben, ging im Handumdrehen. Gemacht. Ich schlüpfte blitzschnell in einen Engpaß, strengstens darauf bedacht, mir ein Inkognito-Aussehen zu geben, wozu ich beileibe keines falschen Schnurrbarts bedurfte.

Und da stand ja auch schon des Rätsels Lösung in marineblauer Keramikankündigung vor meinen Augen: BAINS DOUCHES; dasselbe in zierlichen Schriftschleichwegen auf arabisch darunter.

Ich trat ein und sah mich einem schwitzenden bulligen Kerl im Unterhemd gegenüber, erkundigte mich nach Prozedur und Hausregeln, wurde in einen schlachthauswürdigen Raum mit Zellen eingewiesen, entledigte mich meiner Kleidung, verfügte mich nebenan unter eine Dusche, schrie, ich sei bereit und wartete auf den Wasserstrahl, der zuerst in lauem Pinkeln oder Tröpfeln einsetzte und dann in einen brühheißen Platzregen Fragezeichen nein Schwall überging, so daß ich zurückzuckte. Es geht nichts übers Duschen in öffentlichen Anstalten, wenn das Seifestückchen, das einem verabreicht wird, auch jämmerlich klein und penetrant übelriechend zu nennen ist. Es riecht nach einem Desinfektions-, wenn nicht Entlausungsmittel, nun. »Andere Länder, andere Sitten«, dachte ich mit prustendem Mund und zitternder Haut und beschloß, das Naß für Manna zu halten. Des Rätsels Lösung bestand in der Durchnässung und Durchfeuchtung meines physischen Menschen und in der daraus hervorgehenden Erfrischung des übrigen Ichs. Einstellungssache. »Alles ist Einstellungssache.« Nach dem Lärmpegel war der Tag immer noch jugendlich zu nennen. Oder trat er an Ort, der Tag? Mir schien, ich habe schon ein ordentliches Pensum an Aktivitäten hinter mich gebracht. Und Hunger hatte ich auch noch nicht.

Oder ein wenig? Durst vielleicht? Ich griff nach dem Däumling in der Tasche. Von seiten des Däumlings keine Ermunterung. Er fühlte sich neutral, wenn nicht abweisend an, eisern kalt.

Und so liegen sie schwitzend in ihren Betten, die Kranken, auch Leberkranken, dachte ich. Bei dem Wort »leberkrank« stellte sich die Vorstellung eines schön beschlagenen eiskalten Biers ein. Bier, ja oder nein? Ich war kein Biertrinker, Kaffee hatte ich schon gehabt, und für Wein war es eindeutig zu früh. Was nun? Sprudel? Campari? Weder noch. Am besten rein gar nichts. Sollen die anderen sehen, wie sie mit ihrer Leber zurechtkommen, was kümmern mich ihre schweißtreibenden schädlichen Gewohnheiten?

Nachdem du deine leibliche Hülle bespritzt und geschrubbt hast, könntest du dich zu Hause ans Aufräumen und, warum nicht, Möbelumstellen machen, sagte ich zu mir in Gedanken. Und außerdem könnte ich ja Carmen einladen und, sollte sie auf das Saubermachen zurückkommen, das eine oder andere mit ihrer Hilfe in Angriff nehmen. Es muß ja keine Putzorgie daraus werden. Ich schrieb schnell auf einen Zettel, sie möge, falls sie nichts anderes vorhabe, am Abend bei mir vorbeischauen, lief zu ihrem Haus und ließ die Nachricht in ihren Briefkasten gleiten. Danach begab ich mich in die Tantenwohnung zurück. Wo beginnen?

Ich entschied mich für den Schlafraum, machte rasch das Bett, begutachtete das Ergebnis, nahm den Überwurf wieder weg, zerrte an Leintuch und Wolldecke, schlug die Enden unter die Matratze ein, bis das Ganze an ein faltenlos verpacktes Paket erinnerte, legte den Überwurf darüber und zog ihn glatt. So weit, so gut. Ich riß das Fenster auf, um auszulüften, blieb eine Weile stehen und starrte in den Hof.

Das erste, was mir auffiel, war das Fehlen der Tauben, statt dessen entdeckte ich neben den Kübelpflanzen ein vermutlich defektes Fernsehgerät. Ich beschloß, die Concierge bei passender Gelegenheit über den Unfug zu befragen und zur Rede zu stellen: Der Hof war ja weiß Gott keine Müllhalde. »Wehret den Anfängen« Ausrufungszeichen.

Was nun die Tauben anging, die gewissermaßen zum Hofinventar gehörten, fiel mir keine Erklärung für ihr Wegbleiben ein. Wo waren sie hingekommen? Sie konnten ja nicht allesamt überfahren worden sein. Und Schüsse hatte ich keine gehört. Einmal war ein Taubenscharfschütze im Hof aufgetaucht und hatte einige abgeknallt, auf Anordnung der Stadtverwaltung; das hatte die überlebenden Tauben überhaupt nicht am Wiedereinfliegen und Turteln gehindert. Waren die Tauben wirklich eine Plage? Ich hatte unlängst eine alte gesehen, die sich unter einen fahrenden Wagen duckte, eine Selbstmördertaube. Sie hatte sich mitten auf einer verkehrsreichen Straße hingekauert, alt und zerzaust wie sie war. Ein Wagen mit einer Frau am Steuer fuhr auf sie zu, ich sah, wie die Frau abbremste, durch den Rückspiegel spähte, hoffend, daß das Tier heil zum Vorschein käme. Doch es blieb platt gewalzt zurück. Es wollte wohl nicht in einer finsteren Mauerecke des Todes harren, sondern Schluß machen, das Täubchen. Waren nicht unter den mit einem farbigen Seidenband umwickelten Briefen im Privatissimum des Tantenschranks, die ich zu Recht für Liebesbriefe gehalten hatte, welche, die mit der Anrede »mein Täubchen« begannen? Ich hatte sie nur angelesen und gleich wieder zurückgelegt. Was ging mich das Liebesleben der »Tante« an? Benutzte man den Kosenamen, weil man die Vögel unausgesetzt einander hofieren und miteinander kopulieren sah? Waren sie nicht auch der Inbegriff der Liebesbeständigkeit, Anhänglichkeit, Treue? Und was war mit dem Ölzweig im Schnabel? Wie immer – die Tauben oder besser das Fehlen derselben im Hinterhof hatten mich »vom Wege abgebracht«. Ich hatte ja mit Aufräumen begonnen.

Im Schlafgemach war an ein Möbelumstellen nicht zu denken, wozu auch. Doch in dem gerammelt vollen Wohnzimmer hätte sich ein Reduzieren des Mobiliars schon gelohnt. Was hieß hier reduzieren? *Roden*, nicht nur jäten, um es in landwirtschaftlicher bzw. forstwirtschaftlicher Terminologie auszudrükken. Ich begann erst einmal mit dem Entfernen von Herumliegendem wie Damenstrümpfen, Lippenstift und anderem Unkraut, bis die Tisch- und sonstigen Oberflächen leer waren. Beim Blick auf die ineinander verbissenen Möbel verließ mich allerdings die Courage. Welches Möbel wäre wohl als erstes entbehrlich? Die mit Intarsien versehene Kommode Louis' XV. mit der geäderten Marmorplatte wohl kaum, obwohl sie mir nicht sonderlich gefiel. Sie mußte für die »Tante« einen emotionalen Wert besessen haben. Was wäre mit dem monumentalen Fauteuil? Nannte man diese Art Polsterstuhl nicht Ohrenbackensessel? Er war nicht unbequem, für den kleinen Raum jedoch eindeutig zu groß. Er sah wie ein Thron aus, nicht nur unübersehbar, sondern gebieterisch. Angenommen, es gelänge, den Lehnstuhl loszuwerden, müßte er dann durch ein Sitzmöbel zierlicheren Formats ersetzt werden? Nicht unbedingt, denn da klebte ja auch noch das Kanapee an der Wand. Ich erkannte, daß ich für Entscheidungen der radikalen Art nicht der richtige Mann war, was wollte ich eigentlich? Wollte ich mich einrichten? Hatte ich überhaupt ein Recht dazu? Würde die sogenannte Tante ihre Einwilligung gegeben haben? Ob Carmen kommt? Wie alt war der Tag inzwischen? Immer noch jugendlich? An meinem Appetit gemessen, müßte er inzwischen erwachsen geworden sein. Sollte ich etwas kaufen gehen? Man muß ja nicht immer gleich ins Bistro. Kaufen? Wo aber sollte ich die Speisen unterbringen? Die Küche gehörte ja eindeutig zur Spezies der Unberührbaren, da mußte ich Carmen recht geben. Ich beschloß, das Problem der Küche bis zu Carmens Kommen hinauszuschieben und vorerst eine Verköstigung außer Hause ins Auge zu fassen. Nach der Fußballbar stand mir nicht der Sinn. Ich konnte in das kleine Lokal gegenüber dem Postamt oder besser gleich zu Saïd in die Rue Labat laufen, den ich bis dahin vor Ghislaine und weiteren interessierten Instanzen geheimgehalten hatte, obwohl Saïd mir in seiner rundlichen Kabylenhaftigkeit und dem seltsamen Bienensummen in seiner nordafrikanischen Stimme lieb und schon fast ein Freund geworden war. Oder war es eher ein Gurren als ein Summen? Weder noch. Ein Näseln? Das Summen oder vermeintliche Gurren war in Wirklichkeit ein inhärentes Dynamosurren. Wie er diese besondere Note zustande brachte, war seine Sache. Was zählte, war die Tatsache, daß ich bei Saïd weniger einkehrte als *vor Anker ging*. Und warum? Weil das schlauchförmige Lokal mit den wüstenbraun gestrichenen Wänden anscheinend nicht nur mein Hafen, sondern meine Arche zu sein schien. Warum Arche? War ich ein Schiffbrüchiger und wenn, was wäre in meinem Falle die Sintflut?

Ich verbot mir vorerst ein weiteres Sinnen in dieser Richtung, nicht nur weil es dem Essen unbekömmlich war, sondern weil es leicht zu einem Hintersinnen führen konnte, was bekanntlich gefährlich war und meinem häuslichen Vorhaben abträglich zu werden drohte. Wo waren wir übrigens stehengeblieben? Bei Carmen? Ob sie kommen wird? Wie spät hatten wir denn? Ob der Tag immer noch in voller Manneskraft? ... oder bereits im Abnehmen ...? Crescendo oder diminuendo?

Und wenn sie, wo immer sie sein mochte, weinte? Wer *sie*? Natürlich nicht Carmen. Waren Einsamkeit und Tränen nicht ihre Mitgift gewesen? Waren ihre Tränen die Sintflut, vor welcher ich mich zu Saïd in die Arche zu retten trachtete? Warum hatte ich sie nie »mein Täubchen« nennen wollen? Hatte ich Angst vor Zutraulichkeit? Waren mir die Tauben zu symbolträchtig und zu irdisch wiederum in ihrer Liebes- und Futterpraxis? Warum waren sie wohl aus dem Hof geflüchtet? Mit dem ausrangierten Fernsehgerät konnte es kaum zu tun haben. War ihnen die Luft unbekömmlich geworden? Oder ausgegangen? Welche Luft? Und wie stand es mit der Luft, die ich benötigte, meiner Atemluft? Ging es um reine oder um temperierte Luft? Was könnte *mich* warm halten?

Hatten denn die Brüder im Waschsalon eine bessere Luft? Der Salon atmete eine von den Waschmaschinen erzeugte überhitzte Wärme, eine nicht eben wohlriechende außerdem. Und was die zwischenmenschliche Ausdünstung anging, so schien sie mir von nörglerischen Ingredienzien ganz schön verpestet – ewigen Reibereien. War eine solche Luft der in der Tantenwohnung herrschenden unpersönlichen Kühle vorzuziehen? Waren Zank und Zwist besser als Herzenskälte? Hatte ich mir in Zeiten der inneren Entfernung von der Geliebten, in Zeiten der Entzweiung, eingebildet, die Luft sei noch keine Eisesluft? Was meinten die Liebesleute im übrigen, wenn sie sich »mein Täubchen« nannten? Ich hatte meines Wissens weder meine Geliebte noch eine andere Frau je »mein Täubchen« geheißen. Wenn ich es richtig bedachte, mochte ich Tauben nicht sonderlich. Viel lieber waren mir die Schwalben, die im Himmel wohnen.

Als es an der Tür klingelte, ließ ich Carmen mit den Worten: Da wärst du ja, mein Täubchen; oder wäre dir Schwälbchen lieber? ein.

Geht es um fachtechnische Beratung pelziger oder innenarchitektonischer Natur oder um hygienischen Beistand? erwiderte sie nach dem Begrüßungskuß. Wenn letzteres der Fall ist, dann wollen wir uns gleich in die Küche begeben; unterhalten können wir uns nach getaner Arbeit.

Ich muß dir Abbitte leisten, sagte ich. Es gibt in der Tat keinen Grund, den Küchenschmutz, auch wenn er nicht von mir verursacht ist, als unantastbar zu respektieren. Anders verhält es sich mit dem Mobiliar, das man ja, selbst wenn man das Recht dazu hätte, nicht einfach dem Rinnstein überlassen kann. Es ist dir vielleicht aufgefallen, daß die Tauben aus dem Hof verschwunden sind. Ich frage mich, ob das nicht als ein schlechtes Vorzeichen zu betrachten ist, so als drohe dem Ort Unheil.

Wollen wir nicht mit dem Unheil in der Küche beginnen, besser gesagt, mit dessen Beseitigung? meinte Carmen und machte sich auf die Suche nach Lappen, Eimer und Putzmittel.

Zwei Stunden später waren Herd, Spülstein, Regale und das weiße Geschirrmöbel von blitzender Sauberkeit und Helle.

Ist Sauberkeit nicht der Feind der Menschlichkeit, liebe Carmen? Zuviel Sauberkeit ist abschreckend, weil man sich nicht zu rühren, geschweige denn hinzulangen getraut aus Angst, etwas schmutzig zu machen. So kommt mir die Küche, verzeih, jetzt so unpersönlich vor, als hätte sich nie jemand darin zu schaffen gemacht, geradezu unbetretbar. Bitte mißversteh mich nicht, ich will deine Hilfeleistung um nichts herabmindern, ich habe nur eben gedacht, im Grunde habe ich da nichts zu suchen, darum soll die Wohnung auch nicht wohnlich werden. Ich werde ja wohl bald wieder ausziehen.

Wir legten uns auf das gemachte Bett und starrten auf die dunkle Mattscheibe des Fernsehgeräts.

Was die Tauben betrifft, Liebes, so ist mir, als wäre mit deren Verschwinden der letzte Rest Traulichkeit verflogen. Auch ist es ohne das Gurren so verdammt still geworden, findest du nicht? Ist nicht das ganze Haus verstummt? Bis vor kurzem waren wenigstens noch Radiolärm und das Geräusch von Klospülungen zu vernehmen. Jetzt überhaupt nichts mehr. Die Tauben haben anscheinend alle Lebensgeräusche, wenn nicht das Leben überhaupt mit fortgenommen. Es gab einmal ein Täubchen, das sich vor meiner Zimmertür hingekauert hatte. Ich wohnte derzeit im Untergeschoß eines Gebäudes aus den dreißiger Jahren mit einem schachtartigen Hof ohne Baum. Mit Ausnahme eines vergitterten Warenaufzugs gab es nichts in dem Hof, nie hatte ich eine Taube gesehen, und dennoch mußte das Täubchen aus einem Nest gefallen sein. Wie aber hatte es hergefunden und es fertiggebracht, all die Treppen bis vor meine Tür niederzusteigen? Ich wagte es nicht anzufassen. Der Mann der Concierge hat das Vögelchen weggeschafft.

Wer mochte mir einen Streich mit dermaßen zeigefingerdeutlicher Symbolik gespielt haben?

Carmen legte ihren Kopf an meine Brust, als wolle sie sich verbergen. Ich begann zerstreut über ihr Haar zu streicheln.

Sie war meine Tante oder behauptete wenigstens, meine Tante zu sein.

Wer? schrie Carmen erschrocken. Doch nicht das Täubchen?

Die Dame, deren Küche du eben geputzt hast. Sie ist in den Ferien vom Leben zum Tode gekommen, und zwar auf unerklärliche Weise. Wie kann man wissen, was einem die Zukunft bereithält? Als das Täubchen vor meiner damaligen Untergeschoßtüre erschienen und bald wieder verschwunden war, ist kurz darauf etwas anderes umgekommen oder doch zu Ende gegangen in meinem Leben. Was sollen diese Zeichen oder Fingerzeige? Besteht nicht das ganze Dasein aus Zeichen, nur zu oft verschlüsselten, deren Sinn uns erst später aufgeht? Wo soll ich nach Verlassen der Tantenwohnung nur hinziehen? Was hältst du von Amerika? Wir könnten uns ein kleines blaues Auto besorgen und quer durch die Staaten fahren.

Wovon sprichst du nur? sagte Carmen, die sich von meiner Brust gelöst hatte und mir, den Kopf auf die aufgestützte Hand gelegt, in die Augen schaute. Daß deine Worte oft wenig Sinn ergeben, ist mir seit längerem bekannt. Könntest du nicht das eine oder andere für meinen bescheidenen Hausgebrauch verständlich machen? Wünschen der Herr zu verreisen und haben selbstredend meine Wenigkeit in Ihre Pläne miteinbezogen?

Ich entdeckte in Carmens Augen winzige braune Pünktchen, sie erinnerten an Schokoladekörner. Taubenfutter, Taubenfraß, murmelte ich. Ich küßte Carmen auf die Augen.

Ich befinde mich seit längerem in einem nicht endenden FREIEN FALL, will mir scheinen. Der freie Fall ist so etwas wie der AUFRECHTE GANG, wenn man ihn in das Bild der absoluten Leere projiziert. Ich frage mich, ob das Gefühl des freien Falls mit der Abwesenheit von Geräuschen oder besser gesagt mit dem auf dem Nullpunkt angekommenen Geräuschpegel zusammengehen mag. Sind es denn nicht die Geräusche, die einen ans Diesseits binden? Ist das Nichts nicht tonlos?

Hatte ich es gesagt oder nur gedacht? Oder im Schlaf gedacht? Ich mußte entschlummert sein, denn als ich mit diesen Sätzen zu mir kam, lag Carmen nicht mehr an meiner Seite. Sie mußte sich weggestohlen haben. Auch gut.

Ich schaute schnell in die blitzblanke leere Küche, verkniff die Augen und nahm den Mantel. Ich verließ das Haus in Richtung Place Jules Joffrin, wo ich in den Bus Nr. 85 einstieg und nach Saint-Michel fuhr. Auf dem Boulevard Saint-Michel stockte der Verkehr, die ganze Straßenbreite wurde von Demonstranten eingenommen, die ihre Transparente trugen und von Lautsprechern angeheizte Slogans brüllten; vorwiegend junge Leute, es marschierten aber auch Familien mit Kindern mit. Ich ließ mich von der Demonstrantenmasse schlucken und mitreißen. O ja o ja oho, murmelte, skandierte und schrie ich, in der wogenden Menschenmenge, die mehr stockte als vorankam und die trotz des revolutionären Gepränges eine ausgesprochen fröhliche Stimmung verbreitete. Eine Art Ausflugsstimmung. Ich wußte nicht, worum es ging. Hauptsache, es ging.

Als wir auf der Höhe des Jardin du Luxembourg ankamen, stieg ich aus, lief ein Stückchen zurück und machte mich dann über den Platz vor der Sorbonne und die Rue Saint-Jacques in Richtung Notre-Dame davon. Unterwegs machte ich bei der kleinen Kirche Saint-Julien-le-Pauvre halt und trat ein.

Vor den Ikonen brannten Kerzen, nahe dem Eingang neben dem Weihwasserbecken standen ein paar behäbige Männer, und in einer der vorderen Bankreihen knieten zwei ältere Frauen, ins Gebet versunken. In der Luft lag der Geruch erhitzten Wachses und eine Duftspur von Weihrauch. Für wen hätte *ich* beten können? Ich hatte es seit der Kindheit nicht mehr getan, und nun wünschte ich mir, es aus tiefstem Herzensgrunde tun zu können. Ob Akrobaten beteten? Ob Trapezkünstler an Gott glaubten? Manche Boxer schlugen das Kreuz in der Ringecke vor Kampfbeginn, aber Akrobaten? Für Luftakrobaten ergeben Begriffe wie Kampf, Sieg oder Niederlage keinen Sinn. Trapezkünstler, die um ein Gelingen beteten? Schwer vorzustellen. Worum hätte *ich* bitten sollen?

Wieder zurück in meinem Viertel, ging ich schnurstracks zu Saïd und setzte mich an die Theke. Es schien mir wichtig, das inhärente Dynamosurren seiner Kabylenstimme auf mich wirken zu lassen. Nach den üblichen Begrüßungsredensarten kam er gleich auf sein Lieblingsthema zu sprechen. Er würde binnen kurzem seine Familie aus Algerien nachkommen lassen. Ich hatte mich schon gefragt, ob er überhaupt eine Familie hatte. Oder er hatte eine Familie, aber keinen Platz, um sie unterzubringen, und rackerte sich ab, um sich eine passende Wohnung zulegen zu können, aber wie? Im Vergleich zu dem Café mit dem pullovertragenden Wirt war Saïds Lokal nicht viel mehr als eine Kaschemme, wenn denn ein so bescheidener Unterstand diesen Namen verdiente. Von meinen familiären Verhältnissen hatte ich ihm nie erzählt, er hatte auch nie danach gefragt. Ich ließ mir ein Gläschen von seinem Feigenschnaps geben und starrte auf die Straße hinaus. Vor Saïds Kneipe war nichts los und nicht viel zu sehen mit Ausnahme von wenigen Tauben, die kopfruckend im Rinnstein hin und her trippelten auf der Suche nach etwas Aufpickbarem. Mögen

Sie Tauben? fragte ich Saïd. Er schien nicht zu verstehen, wie ich es meinte, und holte aus, um über gebratene Tauben und ihre Zubereitungsweise zu sprechen, etwa im Vergleich zu Wachteln. Danach unterhielten wir uns über Brieftauben.

Ich dachte an das Verschwinden der Tauben im Hinterhof, an das Geturtel, dachte an Taubendreck und Taubenflug, an das Aufschwirren eines erschreckten Taubenschwarms, das wie ein Klatschen tönt. Ich nippte am Feigenschnaps und warf Saïd weitere Bemerkungen zu, nur um das Dynamosurren nicht aufhören zu lassen. Ich sagte: jaja Brieftauben, jaja, die gebratenen Tauben, die dir in den Mund fliegen, oho. Doch von gebratenen Schwalben habe ich nie gehört, sie sind im übrigen auch keine Briefträger. Wissen Sie eigentlich, daß die Schwalben im Himmel wohnen, Saïd, ich meine, daß sie nie auf der Erde landen, weil sie nämlich nicht vom Boden abheben können? Das gilt auch für Mauersegler. Ich sah das Stirnrunzeln auf Saïds liebem Gesicht mit den dichten schwarzen Augenbrauen und dem dichten schwarzen Schnurrbart und sein leicht verdutztes Glotzen. Ich hielt mich zurück, um ihn nicht »mein Schwälbchen« zu nennen, denn so weit wollte ich nicht gehen, nicht mit einem guten Vertrauten wie Saïd. Die Tür ging auf, ein hochgewachsener, für Saïds Schuppen zu gut angezogener Gast mittleren Alters trat ein, ich identifizierte ihn unschwer als den Vater der minderjährigen Tochter, die sich laut Saïd neuerdings herumtreibe und auch schon bei ihm aufgetaucht sei, ohne Wissen des Vaters natürlich. Nun war es der Vater der minderjährigen Streunerin, der Saïds Dynamo am Surren erhielt.

Zurück zu den Schwalben. Weder fliegen sie dir gebraten in den Mund, noch kann man sie sonstwie und schon gar nicht postalisch gebrauchen. Sie gehören uns nicht zu, sie sind nicht irdisch. Und wie glänzend schwarz sie sind und wie scharf ihre Sichel geschnitten ist und wie sie den Himmel aufschlitzt. Und erst ihr Schrei. Und wie sie vor unseren weit geöffneten Fenstern dahinjagten und das Blau des Himmels in Aufruhr brachten, zum Kochen, zum Überkochen vor Glück, als wir uns in diesem Himmelslicht liebten, im Schwalbenrausch, in dem Bibelland der hügeligen Toskana, damals, ein Leib und eine Seele, dachte ich, während ich von Saïds Feigenschnaps trank. Nie habe ich eine Schwalbe trinken sehen, doch das wollte ich nicht sagen, ich sage es nur, um Zeit zu gewinnen oder weil ich nicht auszusprechen, nicht auszudenken wage, was ich wirklich meine: Arme Seele, nicht zur Ruhe gekommen;

solange *sie* nicht zur Ruhe gekommen ist, kann ich es auch nicht, ich, der ich nicht einmal beten kann. Wäre sie zur Ruhe gekommen, so wäre ich es auch. So aber brennt und schmerzt sie weiter in mir, wie amputierte Glieder schmerzen, wenigstens habe ich so etwas gelesen oder gehört. Kann man denn nie seine Ruhe haben?

À propos amputiert: Unter welcher Anrede mochten die Männer im Krieg ihre Briefe an die geliebten Frauen zu Hause abgefaßt haben? Bestimmt haben sie nicht »mein Täubchen« geschrieben. »Täubchen« und »Schwälbchen« sind Kosenamen, mit welchen glücklich Liebende sich anreden, vor allem solche, die sich der Gegenliebe gewiß sind. Es liegt auch etwas zärtlich Anzügliches darin. Nach Necken und Kosen stand den Soldaten auf den Schlachtfeldern bestimmt nicht der Sinn. Bedeutet Liebe in Zeiten des Kriegs einzig und allein Hoffnung? Steht Liebe für Leben und das Fehlen oder Sterben derselben für Tod? Eher als die Anrede »mein Täubchen« wäre »mein Herz« angebracht. Es ist ja auch das Herz, das bricht. Gibt es nicht umgekehrt Fälle von Unglücklichen, die das »gebrochene Herz« in den Krieg trieb?

Nun, sagte ich zu Saïd, haben Sie denn wenigstens gute Nachrichten von den Ihren in Algerien? Die langen Trennungen sind ja nicht immer leicht. Ich weiß, wovon ich rede. Man sollte sich das Denken an die Vermißten verbieten und sich verhalten, als wäre man ganz allein auf der Welt: was das Hoffen nicht ausschließt. Hoffnung ist unreduzierbar wie Glauben. Entweder man lebt der Hoffnung oder der Hoffnungslosigkeit. Eine Schwalbe macht ja bekanntlich noch keinen Sommer. Nehmen Sie zum Beispiel die Wirtin in der Football Bar – Sie kennen sie doch? Sie scheint mir in ihrer Rundlichkeit vor Hoffnung nur so zu bersten. Darum singt sie ja auch so gern, trotz des Schnarrens des Vogels über dem Flipperkasten. Woher sie die Hoffnung nimmt? Sie hat sie. Ich bin überzeugt davon, daß Ihre Angehörigen Ihre Hoffnung auf Wiedervereinigung teilen. Wenn dem so ist, kann der Zusammenführung der Familie nichts im Wege stehen. Warum ist das Rinnen des Wassers im Rinnstein so eilig? Weil es auf die Zusammenführung mit den anderen Abwässern drängt?

Eile, murmelte ich, eile eile. Es ist ja nicht nur das Reinigende, Erfrischende, das Köstliche, was mich bei dem silbrigen Spülicht dermaßen beglückt. Es ist das Überquellende, es ist der Quell. Stehe ich nicht jeden Morgen am Quell, wenn die Straßenreiniger das Sprudelloch aufdrehen?

Ich verabschiedete mich von Saïd und machte mich auf den Heimweg. Vor dem Kürschnergeschäft gleich neben dem Tantenhaus hielt ich an und trat ein. Ich schnupperte den schweren Tiergeruch der Felle und sagte dem Ladeninhaber, ich interessiere mich für den im Schaufenster ausgestellten Stich mit dem komischen Titel. Ich würde das Blatt gerne erwerben.

Sie kennen mich nicht, fügte ich hinzu, doch haben Sie vermutlich die kleine energische Dame mit der zuletzt hennaroten Frisur und der prominenten Nase gekannt. Sie wohnte gleich nebenan und trug gerne Pelze. Ich bin ihr Verwandter. Haben Sie die Güte, mir zu verraten, ob Sie bereit wären, sich von dem Blatt zu trennen.

Der Kürschner betrachtete mich nachdenklich.

Die Dame, die Sie beschreiben, habe ich sehr wohl gekannt. Wer hätte sie übersehen können. Sie ging immer mit dem Hündchen spazieren, einem Foxterrier. Ja, die Dame mit dem Hündchen haben wir gut gekannt. Was nun den Verkauf des Blattes anbelangt, muß ich nachdenken. Es ist übrigens kein Stich, sondern eine Lithographie, und zwar von der

Jahrhundertwende. Was hätten Sie sich denn vorgestellt, dafür auszulegen?

Ich sagte aufs Geratewohl: Hundert. Hundert ist eine runde Zahl, finden Sie nicht? Der Händler nickte. Ich griff nach dem Blatt und empfahl mich.

In der Tantenwohnung lehnte ich die Litho mit der Halbnackten im klaffenden Pelzmantel auf dem Kaminsims im Schlafgemach an die Mauer. Da stand sie nun, neben den weißen Nippfigürchen, die Herrin verblichener Montmartrenächte. Sie hatte da nichts zu suchen.

Warum hatte ich das Blatt mit der Halbnackten überhaupt erstanden? Wollte ich sie haben? Oder besser *weg*haben: aus den Augen, aus dem Schaufenster haben? Bei mir haben wollte ich sie bestimmt nicht. Ich würde sie Carmen überreichen.

Und nun ergriff eine große Niedergeschlagenheit Besitz von meinem ganzen Wesen, wie ich in der halbdunklen Wohnung auf den taubenlosen Hinterhof starrte. Was mich betrifft, sagte ich halblaut, nachdem ich einen Blick in die blitzsaubere Küche geworfen hatte (an deren Tür ich innerlich gleich das Schild »Betreten verboten« anbrachte); was mich betrifft, so ist es an der Zeit, meine Zelte abzubrechen. Ich muß verschwinden.

Wohin mit mir? Sollte ich zu Carmen laufen? Ich setzte mich in den monumentalen Fauteuil und dachte an die verstorbene Tante, an die unerklärlichen Umstände ihres Ablebens in dem Kur- und Ferienort. Wie schwer es doch fällt, Hinterlassenschaften aufzulösen! Für den Ohrenbackensessel und die Kommode mit den Einlegearbeiten hätte ich keine Bedenken, für sie würden sich gewiß Abnehmer finden. Doch was war mit den Pelzen? Man konnte sie ja leider nicht den Tieren zurückgeben. Im übrigen wußte ich immer noch nicht, von welchen Tieren die Pelze stammten. Zu spät. Ich trug den Pelzstapel in das Schlafzimmer zurück und nahm meine Sachen aus dem Tantenschrank. Hinter der Schachtel mit dem Tantenprivatissimum stieß ich auf die Krokodillederhandtasche und den Schmuck. Ich mußte beides gleich nach meiner Ankunft da versteckt haben. Laß es liegen.

Ich zerrte meine Reisetaschen unter dem Bett hervor und begann zu packen. Ich werde nicht alles einpacken, noch nicht, nicht definitiv, murmelte ich. Ich werde erst einmal summarisch vorgehen. Vorpacken wie vorkochen. Das Wort »summarisch« gefiel mir. Ich begann das Wort in anderen Kombinationen auszuprobieren. Ich sagte: Ich werde summarische Reisevorbereitungen treffen. Ich möchte summarisch nach dem Preis fragen. Könnten Sie mir summarisch die Uhrzeit nennen? Wenn die Tante doch wenigstens eine Standuhr oder sonstige Pendüle besessen hätte, eine, die die Stunden schlägt. Ich meinte den durch das Fehlen einer tic-tac-schlagenden Uhr mitverursachten Stillstand der Zeit nicht länger ertragen zu können, dies besonders bei einem derartig niedrigen Geräuschpegel.

Wie sollte ich packen oder auch nur vorpacken, ohne ein Reiseziel zu haben? Nicht nur hatte ich kein Reiseziel, ich hatte nicht die geringste Idee, was ich mit mir anfangen sollte. Verspürte ich einen Wunsch? Mitnichten.

Ich beschloß, zu Sacré-Cœur hochzulaufen, bloß um mir Bewegung zu verschaffen. Vielleicht fiel mir ja unterwegs etwas ein. Oben auf der Aussichtsterrasse beugte ich mich über die Mauer und ließ meine Augen über die schrundige Stadt mit den Kuppeln und Buckeln und Türmen schweifen bis hin zu den Wolkenkratzern am Horizont. Die Stadt erinnerte mich an die öffentliche Duschanstalt, wohl des Dunstschleiers wegen. Eben riß ein Wolkengebilde über mir und gab ein paar blaue Himmelslöcher frei, und jetzt fiel die Sonne über das Blau her und, Teufel, was war denn das? Von der Sonne wie von einem Suchscheinwerfer angeblendet war da ein kleines weißes Flugzeug zu sehen. Wo kam der kleine weiße Flugfisch nur her? Es war eindeutig ein Fisch. Und wie er in dem Himmelslicht badete und wie er durch die Himmelsfluten pfadete! Beim Anblick des weißen Flugfischs ergriff mich ein Glückstaumel, als hätte ich endlich die Antwort gefunden, die Antwort auf alles. Die Lösung. Ich beschloß, für den Augenblick nicht an den Flugfisch zu denken, nicht an das Buch meines Lebens und mir statt dessen jedes Wort zu versagen. Ich biß die Lippen zusammen, obwohl eine innere Stimme in mir *volare volare* zu intonieren begonnen hatte.

Ich löste mich von der Aussichtsterrasse, rannte die Treppen zu dem kleinen Plätzchen mit den einstmals spielenden Hunden hinunter und riß die Tür zur Fußballbar auf. Meinem Gelübde getreu, gab ich keine Antwort auf die Begrüßungsfreundlichkeiten der Wirtin, sondern zeigte mit dem Finger auf das Weinglas eines Gastes. Auch als Carmen unverhofft eintrat – oder hatte sie die ganze Zeit nach mir Ausschau gehalten? –, verbiß ich mir weiterhin die Worte, wenn ich ihr auch flüchtig über die Wangen strich. Ich wollte das Fischwunder nicht hergeben.

Du bist ja heute nicht eben gesprächig. Hast du Zahnweh? Oder hast du etwas im Munde? ich meine einen Bissen, keinen Abszeß, fragte Carmen.

Ich deutete mit dem Finger auf meinen Wein und hob fragend die Augenbrauen.

Warum nicht, sagte sie und bestellte bei der Wirtin auch ein Glas. Die Wirtin sah Carmen mit einem Seitenblick auf mich vielsagend an und zuckte die Schultern. Ich trank, wobei ich innerlich volare sang, volare nel blu dipinto di blu. Ich wollte das Fischwunder mit niemandem teilen, sondern für mich behalten. Was war das Wunder? War es das von dem Flugfisch ausgelöste Freiheitsgefühl und Himmelsglück? Wäre so viel Freiheit überhaupt auszuhalten? Hatte das Glück mit der Befreiung von der Last des Packens zu tun? Sollte ich den Gedanken an das kleine blaue Auto als Reisegefährt fahren lassen und für ein Flugzeug optieren? Und wohin sollte die Reise gehen, wenn? Im Unterschied zu den Schwalben pflegten Flugzeuge ja vom Boden abzuheben und irgendwo zu landen. Sollte ich Carmen fragen, ob sie flugtüchtig sei oder luftkrank? Wollte ich sie überhaupt mit dabeihaben? Ich wußte ja andererseits auch nicht, ob sie daran interessiert sei, mit mir zusammen vom Boden abzuheben. Interessiert oder: disponiert. Sie arbeitete ja irgendwo. Ich dachte: Sie müßte ja nicht *auf der Stelle* ja oder nein sagen, sie braucht nur *summarisch* zu- oder abzusagen. Die Frage lautete: Wärst du summarisch daran interessiert, mit mir zusammen wegzufliegen? Wohin, wenn?

Ich hörte, wie sie sich mit der dicken Wirtin unterhielt und wie die beiden, als wäre ich nicht da, über mich zu sprechen begannen.

Es ist nur wieder einer seiner komischen Streiche, hörte ich Carmen sagen. Er wird schon wieder auf die Erde kommen.

Hatte sie Erde gesagt? Fast hätte ich geschrien: Nur nicht zurück auf die Erde, nur nicht dahin zurück. Ich hatte da nichts verloren.

Ich machte Carmen ein Zeichen, sie möge warten, ich würde gleich zurück sein.

Ich rannte zum Tantenhaus, lief die Treppen mit dem fäkalischen Braun an den Wänden – natürlich war das das Wort für den Anstrich im Treppenhaus – hoch, schloß die Wohnungstür auf, riß *Das Fell der Forelle* vom Kaminsims und rannte mit der Litho unterm Arm wieder zurück. In der Fußballbar legte ich das Blatt Carmen mit einer kleinen Verbeugung in den Schoß.

»Das Fell der Forelle« murmelte sie skeptisch und wiederholte, lauter werdend: D a s F e l l d e r

Forelle. Die Wirtin beugte sich über die Theke, um den Skandal näher ins Auge zu fassen. Natürlich hatte sie nicht Skandal oder Skandalon gedacht, wenn sie auch etwas in dieser Richtung meinte, wie aus ihrem Gesichtsausdruck zu schließen war. Der Skandal lag im Enttäuschungseffekt, in der Abwesenheit jedes pornographischen Anklangs; in der lächerlich biederen Auffassung von Fleischesenthüllung und Verführungsabsichten. Die Wirtin sagte: Ich mag ja farbenblind sein, aber ich sehe beileibe keine Forelle auf dem Bild, es sei denn ... es sei denn ... Forelle wäre ihr Spitzname gewesen. Oder was meinen Sie, Carmen?

Und was meint wohl unser großzügiger, wenn auch zur Zeit leider wortkarger Spender? Wo steckt der Sinn? Was soll das Ganze?

Die beiden Damen schauten mich an. Hätte ich laut gedacht, so hätte ich das Wort »summarisch« einzuflechten versucht. Wie drückt man mit Gesten das Wort »Abschied« aus? Und wie den Begriff »Geschenk«? Denn es handelte sich ja in Wirklichkeit um ein Abschiedsgeschenk.

Ich schrieb das Wort »Abschiedsgeschenk« mit dem Zeigefinger auf die Theke, mehrmals, bis mir Carmens Gesichtsausdruck deutlich machte, daß sie begriffen habe. Sie drückte das Blatt an sich und nickte. Gleich darauf, als ihr die Tragweite des Gelesenen aufging, starrte sie mich fassungslos an:

Du verduftest? Du haust ab? sang- und klanglos? Oder besser: Lautlos, wie du aufgetaucht bist? Sie wandte sich ab. Das Blatt mit der Litho schob sie der Wirtin stillschweigend über die Theke zu. Carmen verließ die Fußballbar.

Beinah hätte ich gerufen: Bleib doch, Carmen, bleib noch ein Weilchen. Bleibe bei mir. Ich verkniff es mir. Statt dessen zahlte ich und ging.

Auf der Straße war mir ungewohnt leicht ums Herz, als hätte ich keinen Packen zu tragen. Ich wußte ja, daß mich nichts mehr zurückhielt. *Volare* summte ich innerlich, ohohoho. Natürlich war der weiße Flugfisch mehr als ein Fingerzeig; wenn er nicht überhaupt die Forelle war, weniger die dereinst erhoffte Fleischwerdung derselben als ihr NUMEN.

Ich versuchte mir das beim Anblick des weißen Flugfischs im blauen Himmelsloch des gerissenen Wolkenvorhangs erfahrene Freiheits- und Glücksgefühl immer von neuem zuzuführen. Natürlich hatte der Flugfisch keine Reisebedeutung, sondern Offenbarungscharakter. Ich war ja seiner auch erst gewahr geworden, nachdem der Schleier riß. Möglicherweise hatten die Touristen auf der Aussichtsterrasse den Fisch gar nicht gesehen. Ich bin kein

Reisender, dachte es in mir, weil ich, mit dem verkniffenen Mund, der mir das Murmeln verunmöglichte, nur mehr bildhaft denken konnte. Oder besser *summarisch*. Wenn ich den Flugfisch als Offenbarung betrachtete (und nicht als Fingerzeig), könnte es sein, daß *ich* es war, der da oben im Äther dahinflog, befreit von dem Packen?

Hatte mir nicht geträumt, daß ich fliegen konnte? Im Traum hatte ich hüpfenderweise vom Boden abgehoben. Das war im Traum gewesen. Es mußte ja nicht aus dem Stand geschehen, meine Vorfahren waren ja auch nicht Bodenakrobaten gewesen, sondern Luftakrobaten, Trapezkünstler. Sie stürzten sich ins Leere in der Gewißheit, aufgefangen zu werden. Wollte ich aufgefangen werden? Volare volare.

Ich wollte natürlich nicht aufgefangen werden. Aufgefangen wäre wie eingefangen.

Ich kam eben bei einem Schulhaus vorbei, vor dessen Portal die Halbwüchsigen zusammenstanden und schwatzten. Sie mochten noch nicht nach Hause, weil sie nicht von ihren häuslichen Umständen eingefangen zu werden wünschten, wenigstens nicht gleich, nachdem sie eben erst der Zwangsanstalt der Schule entkommen waren. Ich stellte mir vor, wie sie alle zu hüpfen begannen, immer schneller, bis sie in einem Schwarm abhoben und entflogen.

Wollte ich aufgefangen werden? Ich schüttelte energisch den Kopf. Und wenn es *ihre* Hände wären, die sich mir darböten? Zu spät.

Wär die Freiheit immer nur ein Intervall zwischen zwei Türen? Und wie stand es diesbezüglich mit dem weißen Flugfisch? Mich dünkte, er habe die Freiheit erreicht.

Oho.

Ich merkte, wie ich erneut die Treppen in Richtung Aussichtsterrasse ansteuerte. Oben angekommen, kämpfte ich mich durch die Menge der Touristen. Die Menge schien sich inzwischen drastisch vergrößert zu haben, sie war angeschwollen wie an einem Pilgerort. Täuschte ich mich, oder erhob sich aus den Niederungen der Gläubigen wirklich ein inbrünstiger Chorgesang? Galt die Massenverzückung dem Fischwunder? Ich hob meine Augen zum Himmel. Der Himmel war bedeckt.

Ich kaufte bei einem Straßenhändler eine Taube zum Aufziehen und ließ sie fliegen. Hatte ich Carmen beleidigt? Ich sah sie vor mir mit der Enttäuschung im Gesicht, wie sie weglief und mit der zunehmenden Entfernung immer kleiner wurde, bis sie im diffusen Bereich der Erinnerung verschwand. Ich sah sie nur mehr summarisch, bis sie sich der Erinnerung zierlich entzog. Auch gut. War mir denn nicht die sogenannte Tante auch nur noch summarisch in der Erinnerung vorstellbar? Es geht alles seinen Gang, wollte ich denken, als mir bewußt wurde, daß ich das Wort *hienieden* einflechten müßte, weil ja da oben, wo der Flugfisch dahinzog, von Gang keine Rede sein konnte. Die absolute Freiheit kennt ja bekanntlich keinen Gang, auch kein Ziel, sonst wäre sie keine Freiheit. Im übrigen kennt sie auch keine Zeit, nun.

Sie braucht natürlich auch kein Gepäck. Ich dachte an das in der Tantenwohnung zurückgelassene Gepäck. Laß es liegen. Die Pelze und alles andere hatte ich ja auch liegenlassen.

Was nun? Ich setzte mich in einer dieser kleinen Anlagen, die sie hier Square nennen, auf eine Bank und schaute den Kindern zu. Sie spielten Ball, und eben kam ein verlorener Ball auf mich zugerollt. Ich erhob mich und warf ihn zurück. Wie schwer es doch war, einen Ball aufzufangen, wenn man so klein war, daß man sich kaum auf zwei Beinchen halten konnte. Was alles gelernt sein wollte. Was alles begriffen sein mußte, noch ehe man zur Schule ging. Wie schwer es doch war, mit der Liebe zurechtzukommen. Nicht auszuhalten, die Liebe. Ob Saïd der Liebe fähig war? Und wenn die Straßenreiniger das Wasser nie wieder aufdrehten? Und wenn ich gar nicht da auf der Bank saß, sondern es mir nur einbildete? Wenn alles nur Erinnerung wäre und nur *summarische* Bedeutung hätte, vom GANG ganz zu schweigen? Ich sah jetzt die ballspielenden Kinder nur noch unscharf, wie aus großer Entfernung. Von oben. Der ganze Square fiel von mir ab, er rutschte in eine rosige Pfütze der Erinnerung. Hatte ich endlich abgehoben? Ich öffnete staunend den Mund. Abgehoben? O ja.